小山明子のしあわせ日和

大島渚と歩んだ五十年

小山明子

清流出版

1960年10月30日に結婚

妻は変わることなく私を「評価」し、「信頼」してくれた。
男として女性から与えてほしいものを全部与えてくれた。

——大島　渚

深い信頼、そして溢れるほどの感謝の気持ちがあるから、
変わらぬ尊敬と愛情をもっていられる。

——小山明子

1986年に映画「マックス、モン・アムール」公開時に、
夫婦でパリを訪れたときの1枚

2005年10月30日の
結婚記念日に、
鎌倉の回春院で

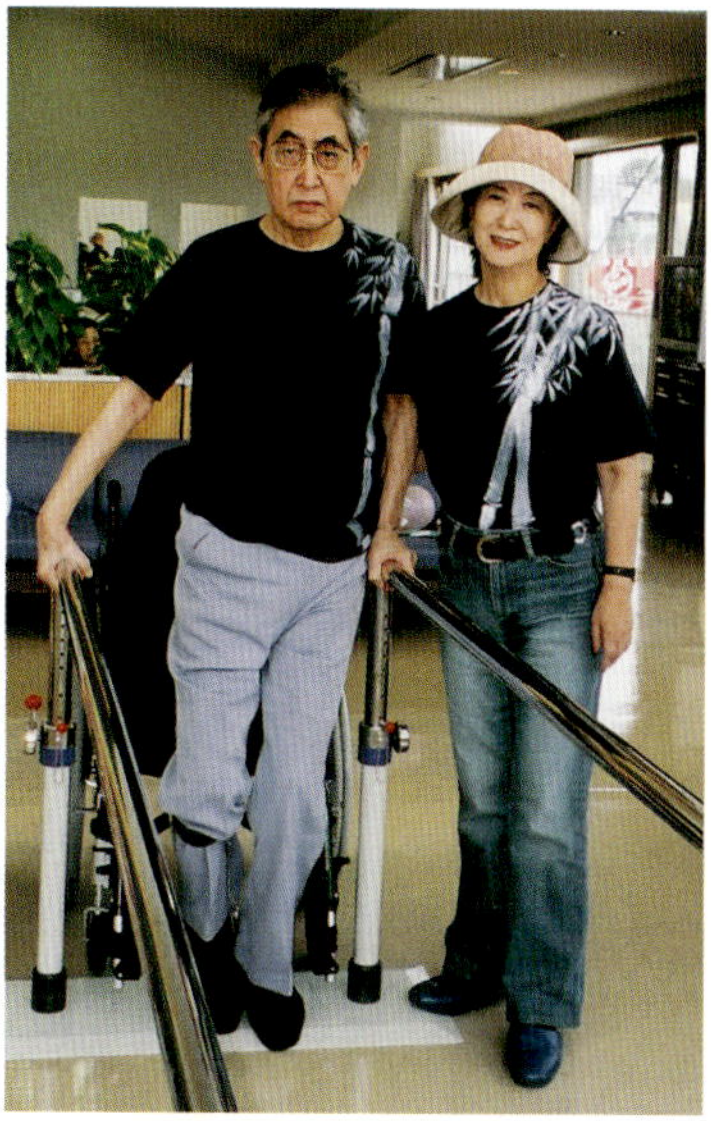

主人のリハビリに付き添って。
私が描いた一筆画をTシャツに
プリントしたペアルック

家族が全員集合

2009年4月、主人の喜寿を親しい人たちが祝ってくれた。
主人の満足そうな顔を見ることができたのが、何よりうれしかった

小山明子のしあわせ日和——大島渚と歩んだ五十年

はじめに——大島渚と私

主人が病に倒れて以来、「パパ、金婚式を一緒に迎えようね」と励まし続けてきました。思い起こせば、約半世紀前に「病めるときも健やかなるときも……」と誓ったとおりの日々を、私たちは過ごしてきたように思います。

私が主人と初めて会ったのは、一九五五年のことです。松竹から女優デビューして二作目の映画「新婚白書」の助監督をしていたのが彼でした。彼も京大から松竹に入社したての頃です。でもそのときは、「ちょっと生意気だけど、礼儀正しい人だな」と思ったくらい。互いになくてはならぬ存在になったのは、数か月後に、京都で再び会ってからです。

当時、私は「晴姿稚児《はれすがたちご》の剣法《けんぽう》」という映画に出演するために京都・太秦《うずまさ》の撮影所に入りましたが、そこに別の作品の助監督として、偶然主人がやって来たのです。見知らぬ土地で知る人もなく心細い思いをしていた私にとっては、地獄に仏。京都育ちの彼が「京都は僕の町だから案内してあげるよ」と、申し出てくれたのが付き合い始めたきっかけです。

初デートは琵琶湖へ。二人でボートに乗り、南禅寺で湯豆腐を食べました。それから「再会」という喫茶店で何度かお茶を飲むうちに、「私、この人が好きかも」と思うようになりました。でも、当時は女優の恋愛がタブーだったので、東京に戻ってからは人目につかないようにして月に一、二度お茶を飲むくらいでした。気持ちを伝えるのは手紙のやりとりが中心でした。結婚するまでの五年間、三六〇通の手紙を交わしました。

付き合って三年目に大喧嘩。一年ほど口もきかず手紙も交わさない時期もありました。でもそんなある日、彼から一通の葉書が届いたのです。そこには「僕もやっと監督として一本撮れることになりました。誰よりも先にあなたにお知らせしたくて」とありました。

そのとき、私の心は決まりました。数日後、横浜まで会いに来てくれた彼に告げたのです。「私、あなたのお嫁さんになることにしたわ」と。

そして、一九六〇年十月三十日に結婚。新進気鋭の映画監督と女優として、華々しいスタートをきるはずでした。

ところが結婚式の直前に、主人が監督した映画「日本の夜と霧」が突然上映中止になり、松竹と対立した彼は退社し、私も松竹を辞めざるを得なくなりました。その後、彼は独立プロダクションを設立しましたが、三年間はほとんど仕事がなく、生活費は私が稼いでいました。おまけに、せっかく夫婦でカレーのコマーシャルに出演する依頼がきたときも、断ってしまう始末です。

そのコマーシャルは当時としては破格のギャラで、喉から手が出るほどお金も欲しかったはずなのに、「普段自分は家では着物で過ごしているから、家庭のシーンを撮るなら着物でなければ出ない」というだけの理由です。彼は、「自分を売らない」と言うのですが、そういうところは決して譲らない頑固なところがありました。

ただ、逆境がかえって二人の絆を強くしてくれたように思います。

「大島は小山のヒモ」などと言う人もいましたが、私は「世間はやがて主人の才能に気づく」と固く信じていました。事実、婚約時代に私に届いたラブレターに綴られたとおり、「いつか世界に通用する監督になって、君をカンヌ映画祭に連れて行く」という約束を実現してくれました。私たちは夫婦であるとともに、同志でもあったのです。

しかも、彼は私をちゃんと認めてくれました。ここまで女優としてやってこられたのも、「あなた自身が輝くために女優を続けなさい」と言って、私を認め、背中を押してくれたからです。

また家での主人は書斎派で、いつもウイスキーを飲んで本を読みながら、私の帰りを待っていてくれました。そして、帰宅すると私の話を一時間ぐらい聞いてくれて、それが私にとって何よりのストレス解消法でした。そうやっていつも支え育ててもらったから、今の私があるのです。


そして大きな試練がやってきました。一九九六年に主人が脳出血で倒れたのです。晩年は二人であちこちを旅して楽しもう、というのが私たちの青写真にあったのに、それは叶わぬ夢となってしまいました。

でも、そのことを残念だとか悔しいとは思っていません。これまで、たびたび主人の病状が悪化したり、私が介護うつになったりと色んな困難がありましたが、今は、現実は現実として受け止めて、置かれた状況のなかでどうすれば今日一日を楽しく過ごせるのかを考えています。そんな苦労も振り返りつつ、私たちの日々を綴ったのが本書です。

せっかく縁あって夫婦になったのですから、最後まで心通わせてきちんと添い遂げたい。

私にとっては、これからも変わることなく、彼はかけがえのない夫です。

新婚当時、私が作ったおそろいのシャツを着て。
洋裁学校に通っていたのでお裁縫は得意
神奈川県本牧の海岸で

第一章　**夫・大島渚との五十年**

第二章

私の介護術

第三章 自分のリフレッシュも忘れない

第四章 家族の絆が支えてくれる

装訂　三村淳
カバー、本文一筆画　小山明子
編集協力　城石眞紀子
P179、P182 撮影　上田祐勢
P191 撮影　小尾淳介

第一章　夫・大島渚との五十年

夫の介護という現実を受け入れる

大変な時期を乗り越えて

毎週金曜日の午前中は、主人のリハビリに付き添って、鎌倉の病院に行っています（二〇〇七年当時）。

脳出血で倒れたあと、歩くこともできず言葉すらも失った主人でしたが、「再びメガホンを取る」という強い意志で懸命のリハビリに励んだ結果、念願の新作「御《ご》法度《はっと》」を撮り上げ、二〇〇〇年カンヌ映画祭に出席するまでに回復しました。

けれどもその間、主人の体には大きな負担がかかっていたのでしょうね。これからやっと平穏な後半生が過ごせる、私も介護に専念するために休んでいた女優業に復帰しようかというとき、肺炎を起こして再入院してしまいました。

さらに二〇〇一年には、十二指腸潰瘍穿孔《かいようせんこう》で生死の境をさまよい、五か月間の入院。なんとか命はとりとめましたが、せっかく回復した機能がゼロどころかマイナスに逆戻りしてしまいました。医師からは「もう歩くのは無理でしょう」と言われ、介護認定を受けたところ、最重度の「要介護5」。生活全般において介助が必要な体になってしまいました。

その現実を受け入れるまでは、主人にも大変な葛藤がありました。腸の手術で排便のコントロール機能が失われてしまったため、常時おむつをしていますが、当初は「俺をバカにしやがって!」と、おむつをむしり取って投げ捨てようとしたり、「情けない、死んだほうがましだ」などと絶望的な言葉を口にしたり……。そうして数々の悔しさや怒り、惨《みじ》めさや悲しみを乗り越えて、ようやく動けない自分を認め、次第に落ち着きを取り戻すなかで、リハビリにも再び積極的に取り組むようになりました。

やがて歩行訓練を続けるうちに、一歩が二歩に、二歩が三歩にと、ゆっくりと、けれども着実に歩みを伸ばし、介助士の助けを借りながらですが、バーにつかまって一〇メートル近く歩けるまでになりました。人様から見れば、たかだか一〇メートル歩いただけのことかもしれませんが、もう歩けませんと言われたところからここまできたのですから、本当にすごいことだと思いました。

これまで、主人の状態は山を越して一息つけるかと思ったらまた山があったという日々ですし、私自身も介護うつで最初の四年間は入退院を繰り返すなど、それはそれは大変なときを過ごしてきました。ですから、今こうして、リハビリができることが喜び。もしかしたら、お散歩ができるようになるかもしれない。いや、車椅子のままでも、もっと外に出かけられるかもしれない。そういう希望をもてることが何よりもうれしいんです。

はじめて気づいた足の冷たさ

ただ、主人は脳出血の後遺症で右半身が麻痺《まひ》して血流が悪いので、リハビリを頑張りすぎたり、体調が悪いと右足だけがパンパンにむくんでしまうんです。とくに寒い時期は冷えやすいのでなおさら。そのことには前々から気づいていて、毎晩の清拭《せいしき》（熱いタオルで体を拭く）のあとは毛糸の靴下をはかせて寝るのですが、この冬、とりわけむくみのひどいときがありました。

その日はもう、足の甲などは紫色になっていて、まるで氷を触っているような冷たさです。主人は我慢強い人で、よっぽどのことがないと「痛い」とか「しんどい」とは言わないだけに、「パパの足はこんなだったのか!」と愕然《がくぜん》とし、気づいてあげられなかった申し訳なさとともに、愛おしさがこみあげてきて、思わずその足に頬ずりをしてしまいました。

そのときにふと思い出したのが、以前なにかの折に読んだ、歌舞伎の女形さんはラブシーンを演じるときには氷水で手を冷やす、というエピソード。男同士では手を握り合ったときに情がわかないので、そうするのだと。なるほど、これってそういうことだったのかと、はじめて実感として理解できました。

元気だった頃の主人はなんでもできた人でした。もともと頭脳明晰で、しかも知識を得ることに努力を惜しみませんでしたから、博学で文章を書かせてもスピーチをさせても天下一品。それが病で体の自由を奪われて、何もできなくなってしまいました。本人がいちばん悔しいことと思います。

それでも、変えようのない現実をひとたび受け入れてからは、昔のように一日一冊とはいかないけれど熱心に本を読み、新聞にも目を通し、テレビで好きな相撲や野球を観戦したり、リハビリに取り組んだりと、今をより充実させることに目を向けています。そんな主人を私は今も尊敬しています。

ですから、主人の世話をイヤだと思ったことは一度もありません。体調が悪いと幼い子どものようになって、甘えたり、駄々をこねたりすることもありますが、私を頼ってくれているのだと思うと、それすらもうれしく愛おしくなるんです。主人が喜ぶことなら、なんでもしてあげたいとも思っています。

あの足の冷たさに気づいた夜に、さっそく、私は自分が使っているフワフワのムートンの敷布団を、主人の介護用ベッドのラバーの下に入れてあげました。「これでパパの冷たい足が、少しはあったまりますように」という祈りをこめて。

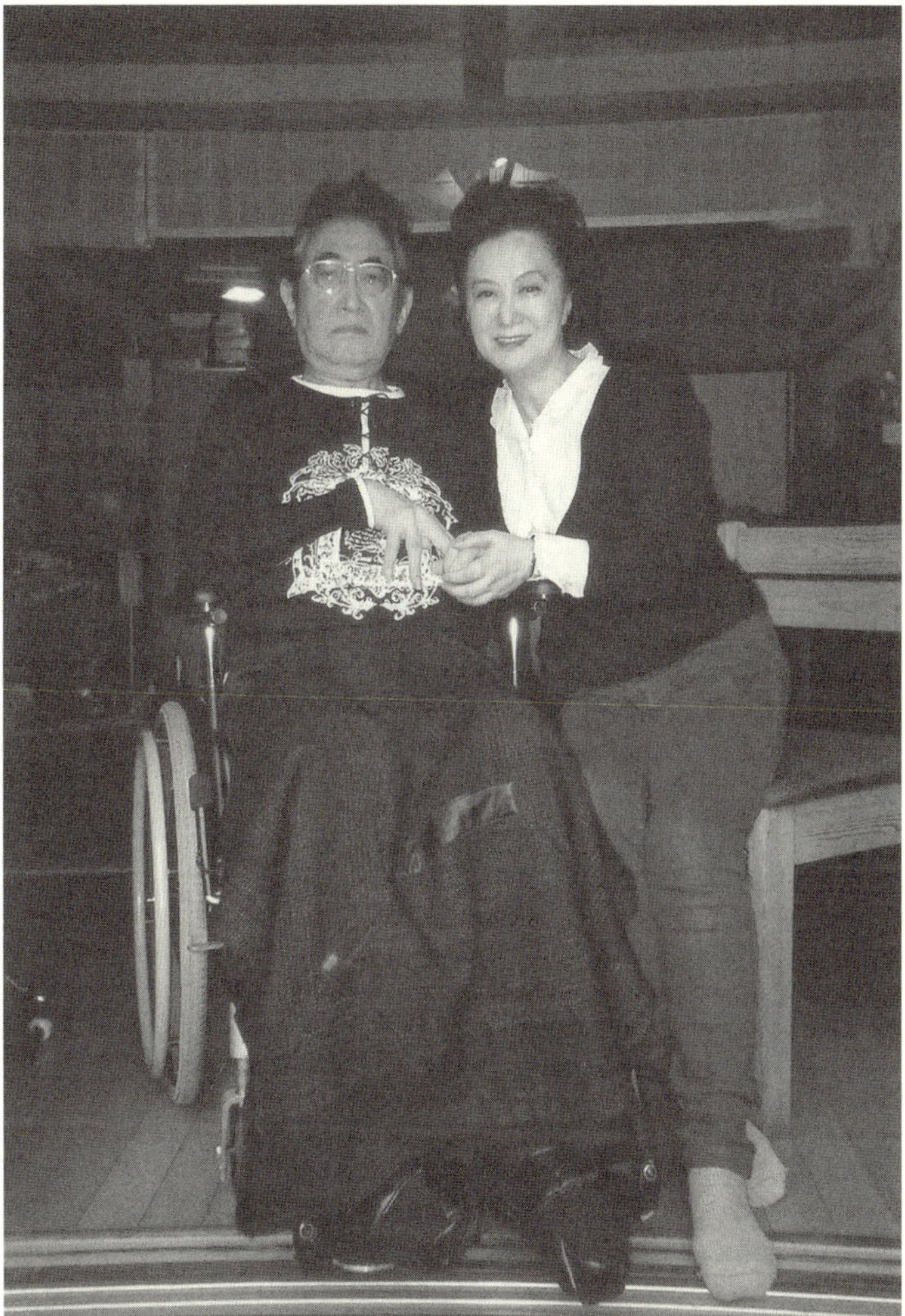

あたたかいひざ掛けをかけ、
冬はとくに足の冷えに気を遣う

乗り越えられない困難はない

大きな試練の訪れ

先日美容院に行ったとき、化粧室にかかっていた日めくりカレンダーの格言に、思わず目が釘付けになりました。

「人はいくつになっても、生き方を変えることができます」

今も、現役の医師として活躍されている、聖路加国際病院名誉院長の日野原重明《ひのはらしげあき》先生の言葉でした。

本当にそのとおり。私も自分の生き方を変えたからこそ、今の自分があるのですから。

主人が倒れるまで、私は家事も料理もなんにもできない主婦でした。自分は女優だからできなくて当たり前だと思っていたし、周囲も容認していたと思います。あの人は女優なんだから仕方がないと。でもそれは単なる甘えだったのです。振り返ってみると、私は傲慢でした。

変わるきっかけは、大きな試練とともに訪れました。二〇〇一年、主人が十二指腸潰瘍穿孔で倒れて五か月間入院。生死の境をさまようなか、長年住み込みで働いてくれていたお手伝いさんまでもが胆のう炎で入院。一人で二つの病院に通うことになり、おまけに家事をやってくれる人がいなくなってしまったのですから、私にとっては大ピンチ。しかし崖っぷちに追い込まれたことで、腹を括《くく》りました。

これまで家事をしてこなかったとはいえ、考えてみれば、洗濯は洗濯機がやってくれるし、掃除はしなくてもゴミでは死ぬことはありません。ただ、食べることだけは手が抜けません。主人が病院から戻ってきたら家で三食ご飯を食べさせなければいけないのですから。そうして初めて一から買い物をし、料理にも取り組みました。

その気になれば、人間なんとかなるものです。いきつけの魚屋さんもでき、新鮮なアジを買えばついでに調理法も教えてもらい、刺身、フライ、南蛮漬けとメニューも広がりました。冷凍すれば日持ちもすると言われ、さっそく実践。ひと山三百円のアジでこんなに楽しめるなんて、主婦もまんざらではありません。あとは新聞や雑誌の料理欄を切り抜いてはストックし、新しいメニューにも次々とチャレンジしました。やればできるという喜びは、私のなかの小さな自信につながっていきました。

ピンチはチャンス

その頃の私は、「今が私の試練のとき。これを乗り切ればもう何も怖くない」と、自分で自分を励ましていました。そうは言っても状況が状況だけに、気分が滅入るときもあります。そんなときに思い出していたのが、カトリックの「希望の祈り」です。

「私に変えられないことはそのまま受け入れる平静さと、変えられることはすぐそれを行なう勇気と、そして、それらを見分けるための知恵を、どうかお与えください」

私が十歳のときに亡くなった母はクリスチャンで、よくこの言葉を唱えていたのです。もちろん簡単にできることではないけれど、そうありたいと心底思いました。そうして一つずつ困難を乗り越えて、今、私は「変わる」とはこういうことなんだな、と実感しています。

何もかもどん底という経験をしたので、命があって二人でいられる、というだけで夢のようです。健康だと人はそのありがたさに気がつかず、不平不満だらけです。でも失ってはじめて、自分にとって何がいちばん大切だったかがわかるんです。

だから、主人が機嫌よくご飯を食べてくれたとか、便がたくさん出たとか、それだけで今日はうれしい、と思える自分がいます。海外旅行に行けなくても、おいしいレストランに行けなくても、庭の水仙の芽が出たというだけで感激できるのです。こんなふうに、日常のささいなことにしあわせを感じることなど、女優時代にはなかったことです。あの頃は目に見えるものだけがすべてでしたが、今は心の目で物事を見られるようになったのかもしれません。

自分が変われば周りの人も変わります。

私が毎日、下の世話でもなんでも率先して喜んでやっているから、介護のヘルパーさんやお手伝いさんも協力してくれて、「だんなさん、すっきりしてよかったですね」と、一緒に喜んでくれるのです。還暦過ぎての主婦デビューで、ゴミ出しをしたり、海岸の清掃ボランティアなどをしているうちに、ご近所との交流も生まれ、新たなお友だちもいっぱいできて、お茶を飲んだり、ご飯を食べたり、世間話をしたりといった楽しみをもてるようにもなりました。そんな人間関係がつくれたのも私があっけらかんとしているからで、毎日がつらい、しんどいといって沈んだ顔をしていたら、誰も近寄ってこなかったと思います。

つらいとき、大変なときは、生きていれば誰にでもあります。でも逃げずに、それらと正面から向き合えば、人はいくつになっても変われるし、成長もできるんです。私にしても女優だけやっていた頃よりも、ずっと人間としての幅が広がったし、心も強くしなやかになりました。「ピンチはチャンス」という言葉がありますが、ピンチのときこそ、人はどう生きるかが問われるのだと思います。

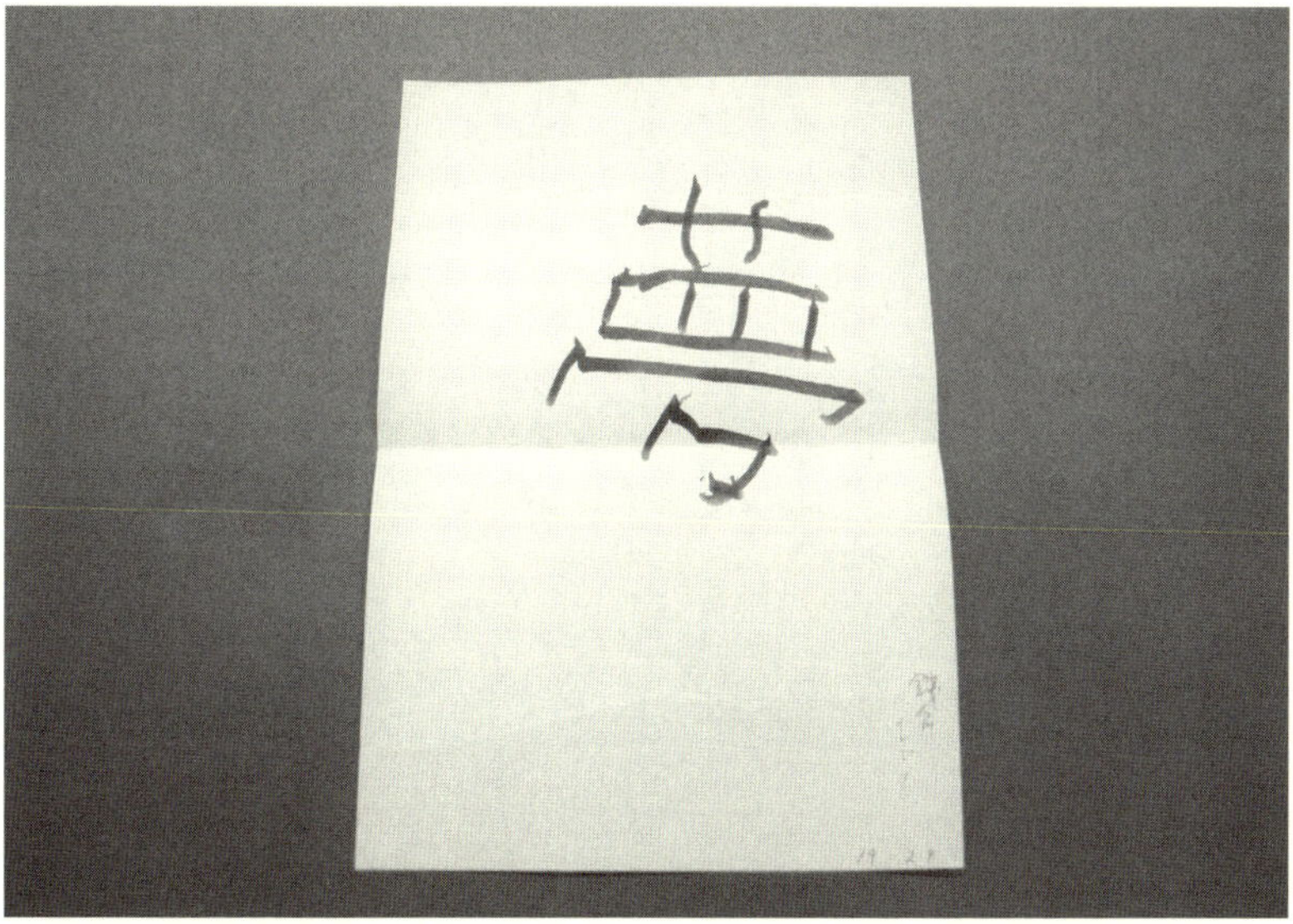

2007年に、主人がリハビリで書いた「夢」の文字

しあわせの基準が変わった

願うのは自分よりも相手のしあわせ

二〇〇八年、黒柳徹子さんのトーク番組「徹子の部屋」に出演しました。そのさい、二〇年前に主人が同番組に出演したときのＶＴＲを見せてもらったのですが、そのなかで彼が言っていたことに、思わず目頭が熱くなってしまいました。

それは「どんなふうに一日の最後を終わらせるのですか？」という徹子さんの質問に対するくだりで、主人はこんなふうに答えていたのです。

「僕はね、一日が終わったときに、今日一日はしあわせだったかなぁなんて、自分で思いたいですね。今日は誰かをしあわせにすることができたのだろうかとか、今日はあの人をしあわせにできたなぁ、と思えるような毎日を送りたい。しあわせで

あることがいちばん大事だと思います」

元気な頃の主人がこんなことを考えていたなんて知らなかったし、ドキッとしました。今、私が抱いている思いがまさにそうなのですから。自分のしあわせはもちろんですが、それ以上に「どうか今日一日この人がしあわせでありますように」と願っていて、主人のしあわせのために私は生きているのです。

だから、いつも楽しいことをいっぱいしようと思っています。その年も三月の主人の誕生日には前もって車椅子のまま乗れる介護車を予約して、当日は雨でしたが、鎌倉山にお花見に行きました。お昼にはしゃぶしゃぶを食べました。健康管理のためにカロリーオーバーにならないよう食事にも気をつけているのですが、せっかくのお花見なので、主人に「しゃぶしゃぶのお肉を減らすか、おちょうしをつけるかどうしますか」と言ったら「おちょうしを一本」とすごく喜んでいました。この日は週に一度の訪問入浴の日でしたが、お酒を飲んでしまったので、お風呂には入れませんでした。でも、訪問入浴は来週も来るからいいわと、年に一度の貴重な日を楽しみました。

また、彼が何かしたいと言ったときは、すぐに叶えてあげることにもしています。この間は、突然「お金、お金」と言い出したんですが、「パパ、お金をどうしたいの？」と訊いたら、「買い物をしたい」のだそうです。何を買いたいかまでは言わなかったので、なんでもいいから買い物をすれば気が晴れるんじゃないかと思い、デパートへ連れて行ってシャツを買い求めました。あらかじめフロアを下見して、当日は本人に二万円手渡して好きなものを選んでもらいました。さらに店員さんには「今日はお買い物をしたいとやってきましたから、おつりも主人に渡してください」とお願いしました。そうしたら、自分で買い物した気分になると思ったのです。

多分、本人は満足だったと思います。そして私は、こんな毎日を過ごせることに、とてもしあわせを感じています。

今の喜びを見つけていこう

わが家では主人が病に倒れてから、たくさんのものを失ったと思います。私はうろたえ、何もできない自分を責め、不安と絶望のなかでうつになりました。あの頃のままだったら、私は今でも自分はなんと不幸な人間なのだと悲観していたことでしょう。

でも、あるときから私のしあわせの基準は変わりました。十二指腸潰瘍穿孔で二度目に主人が倒れ、生きるか死ぬかの五か月の入院生活。たくさんの管につながれて、このまま主人は死んでしまうのではないかと不安でたまりませんでした。そうして、「生きるってなんて大変なことなんだろう」と痛感しながら、病室の主人に付き添った日々。あの頃と比べたら、今はご飯もちゃんと食べられるし、お酒だって少しは飲めます。ずっとずっとしあわせです。

もちろん夫婦そろって元気で、海外旅行に行ったり、おいしいものを食べたりできたらしあわせだと思います。でもうちはもう、それは望むべくもありません。どんなに願っても、主人はもう歩けないし、遠出だってできないのです。だったらその現実を受け入れたうえで、そのなかから楽しみや喜びを見つけていこう。そう気持ちを切り替えたら、再び立ち上がる勇気がわいてきたのです。

人は、健康だとそのありがたさに気がつきません。当たり前に暮らしていて、「あれも足りない、これも欲しい」と不平不満だらけです。でも、本当はその当たり前のなんでもない日常こそがとてもしあわせなんだということに気がつくと、人間はイキイキと生きられるものなのかもしれませんね。

いずれにしても、今の私にとって何物にも代えがたいのは主人の命であり、主人のしあわせ。だから私は全力で介護をすると決めているんです。それが私のしあわせです。いつも主人に言っています。「パパ、地獄の底までは一緒に行かないけれど、それ以外のことだったらなんでもやってあげるわよ」って。一つずつ、困難を乗り越えたからこそ、今がある。人はどんな状況にあっても、自分の気持ち次第でしあわせになれるのだと思います。

ある日、主人が「買い物をしたい」と言うので２人でデパートへ。
本人に気に入ったシャツを選んでもらい、お会計も任せた

世間体なんて気にしない

回転寿司と世間体

　体が不自由になったり、要介護者を抱えると、家に閉じこもりっきりになってしまうという話をよく聞きます。

　でもわが家の場合、日頃単調な生活を送っているからこそ、ときには外の空気に触れて楽しい時間を過ごさせてあげたいと、折に触れては外食の機会を設けてきました。

　あるとき、孫のリクエストに応えて家族で回転寿司へ行こうということになりました。そのとき、長男の武《たけし》はこう言って猛反対しました。

「それはいくらなんでも世間体が悪すぎるよ。大島渚が回転寿司なんて、パパの美学に反する」

寿司屋に行くのであれば、昔パパが行っていたような一流のお店にしてあげて、というのが彼の主張でした。でも、私は押し切りました。

「世間がなんなの？　人の目を気にしていたらどこにも行けません。落ちぶれたと思われようが結構。パパが楽しければそれでいいじゃない」

右手は麻痺で動きませんが、お寿司ならば左手でつかんで食べてもお行儀が悪くありません。何より人の手を借りずに、回ってくるお寿司を、孫と一緒にどれにしようかと迷いながら取って食べるのは、楽しいに違いないと思ってのことでした。

残念ながら車椅子では、お寿司の皿には手が届かず、主人が選んだものを私が取ってあげたのですが、本人は大満足でした。仕事で参加できなかった武はあとからその様子を聞いて、「世間体だのなんだの言って、ごめん。自分が間違っていた。ママは偉いよ」と言ってくれましたが、私だってまったく人の目が気にならないわけではありません。でも、大切なのは自分と主人が今、このときを楽しく過ごすこと。いつのときも、それを最優先に考えているのです。

心ない言葉に傷ついて

ただ、今でこそ、こんなふうに開き直って言える私ですが、かつては心ない言葉に傷ついたり、世間の目から隠れるようにして暮らしていた時期もありました。

あれは、ロンドンで倒れた主人が帰国する三日前のこと。門柱の郵便受けに、一枚の白い紙が差し込まれていました。

「大島もダメだけど、明子も電車でデパートに行くようじゃ、もうおしまいだね」

確かにその前日、私は電車に乗ってデパートに行きました。ロンドンでお世話になった大使館の方たちへのお礼を、主人を迎えに行く兄に託そうと、土産の品々を購入したのです。

普段の私なら、こんな手紙が届いても、「暇な人もいるものね」と気にしないと思います。でも当時は、藤沢の家の前にはマスコミ関係者がうろうろしていて、神経質になっていたうえ、突然の出来事に心身ともに弱っていた私は、この小さな悪意に深く傷ついてしまったのです。

その後、私自身がうつ病で精神科に入院したときにも、記者がそのことを嗅ぎつけて、事務所が対応に追われたこともありました。今と違って心の病に対する偏見がまだ強かったため、私の病気のことは極秘扱いでした。マスコミに知られたら、それこそ格好の餌食にされて、致命的なイメージダウンになりかねなかったからです。

有名税と言ってしまえばそれまでかもしれませんが、あの頃の私は世間の目を意識しすぎて、不安や恐れにおののき、翻弄されていたように思います。

心の窓を開いたら世界が変わった

そんな私が変わったきっかけは、上智大学の名誉教授で日本における「死生学」の第一人者でもあるアルフォンス・デーケン神父の言葉でした。彼はその著書のなかで、豊かな老いを生きるための課題の一つとして、「過去を手放す心」の大切さを説いていました。

過去にしがみつくのではなく、自分が置かれている目の前の現実をしっかり見据えて、そのなかから楽しみや喜びを見つけていこう。この言葉に刺激されて気持ちを切り換えた私は、自分のうつ病体験のことも、主人が要介護5で介助なくしては排泄もできなくなったことも、すべて世間に明らかにしました。

それは勇気のいることでしたが、隠すことがなくなったおかげで裏も表もなく生きられるようになり、とても気持ちがラクになりました。また思い切って言ったことを新聞や雑誌が好意的に取り上げてくれ、あちこちから介護生活やうつ体験について語ってほしいとの依頼が舞い込み、それが私に新たな生きがいを与えてくれました。そして今の私にかけられる声といえば、「頑張っていますね」とか「大島監督はお元気ですか」といったあたたかいものばかり。だからこそ、声を大にして言いたいのです。世間の目を気にして自分たちの殻に閉じこもらないで。心の窓を開けば、新たな世界も広がるのよ、と。

病や老いは誰にでも訪れるもので、特別なことでも恥ずべきことでもありません。どんな状況になっても最後まで自分らしく輝いて生きていきたいし、それを認める社会になって欲しいと心から願っています。

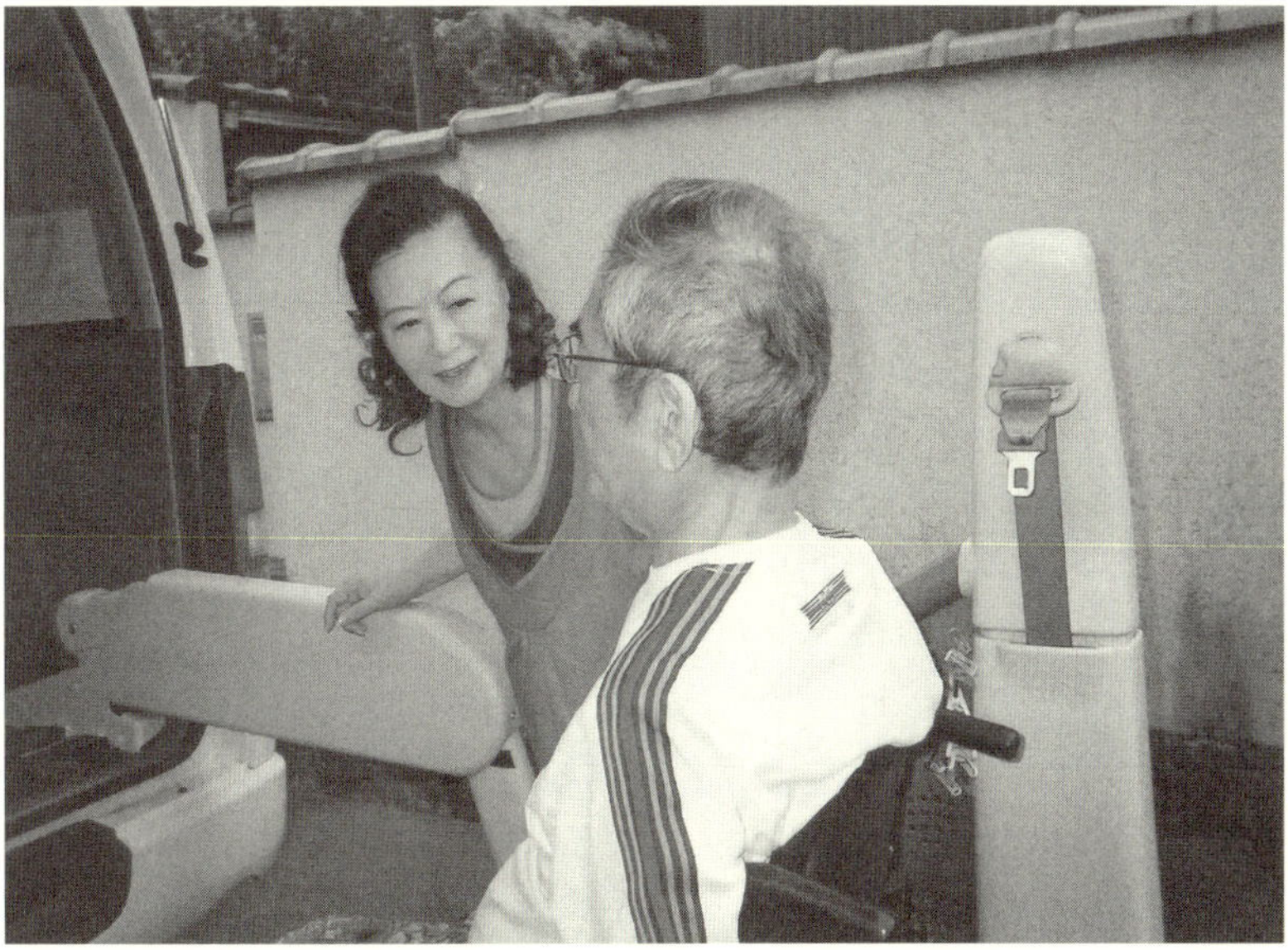

外出の際には、車椅子のまま乗ることができる介護用タクシーを使う

すべてを明らかにする覚悟

介護うつを本にしたいと言われて

私のもとに思いがけない吉報が舞い込んだのは、二〇〇八年の一月末のことでした。

日本文芸振興会が主催する日本文芸大賞は、職業作家に限らず、その年に注目された文芸作品全般から選出されるもので、二五回目を迎えるこの年は、大賞や特別賞など九つの作品が受賞。そのなかで、私の『パパはマイナス50点』（集英社）がエッセイ賞に選出されたというのです。

ちなみに大賞を受賞したのは、今をときめく脳科学者の茂木《もぎ》健一郎《けんいちろう》さん。授賞式は三月二十三日、新宿・京王プラザホテルでとり行なわれました。これまで文学な

んて自分には関係のない世界だと思っていましたから、もちろんこういう式典に出席するのははじめてのこと。多くの人々が集う華やかな雰囲気のなかで、たくさんの賛辞の言葉をいただき、「ああ、あのとき勇気を出してよかった」と、気恥ずかしくもうれしいひとときを過ごしました。

思いおこせば、そもそも私が本を出版することになったのは「突然ですが……」という一通のお手紙をいただいたことが、始まりでした。差出人の、編集をしているというその方のお名前には、見覚えがありました。主人とは以前から仕事上の付き合いがあったようで、盆暮れには必ず何かが届く。それも倒れてからもずっとですから、どんな人かはわからないけれど、主人にとっては大切な人なのだろう、との印象をもっていたのです。その方が「大島監督には大変お世話になりましたが、この度は、妻の小山さんの介護記を本にしたい」と言ってきたのですから、無下に断るわけにもいきません。

それじゃあ、とりあえずお話をうかがいましょうと会ったのが、二〇〇四年の秋。ちょうどその日は、「病の夫を支える妻」というテーマで、俳優の高島忠夫さんの奥様、寿美花代《すみはなよ》さんとの対談の仕事が帝国ホテルで入っていました。私自身も介護うつになったので、うつ病の夫をもつ彼女の気持ちもよくわかりました。そんな話を対談後に会ったその編集者にしたところ、「それではぜひ、あなたがうつ病だったときの話を本のメインテーマでやりたい。どうしてうつ病になり、そこからどうやって抜け出せたのかを」と言われたのです。

すべてを明らかにして生き方が変わった

正直なところ、当初は自分がうつ病であったときのことを本にして表に出すのは、抵抗がありました。だから、そこはあまりふれないよう、さらっとやり過ごしたかったのですが、「自分を裸にして書かないと読者には伝わらない」と説得されて、四度の入退院を繰り返したことや死の誘惑にかられたことまで、包み隠さず明らかにしました。

うつ病は決して自慢できる病気ではないけれど、恥でもなんでもない。ガンや脳出血と同じで誰もがなり得る病気ですし、私もなるべくしてなった。そして、乗り越えることができた。その事実をきちんと伝えることで、今、同じような病を抱えて苦しんでいる人たちのお役に少しでも立てたら、との気持ちをもったからです。

ただ問題なのは、そうなると、主人の病状についても言及せざるを得なくなることでした。はたして、下の世話うんぬんといったことまで赤裸々にしていいのか、迷いました。私さえ何も言わなければ、主人は「世界の大島」として、晩年の要介護生活の部分はなかったことにして、美しく生きた、で終わらせることだってできるのです。

でも最終的には、すべてをオープンにしようと決めました。考えてみれば、人はそんなにきれいごとだけでは生きられません。ほとんどの人がなんらかの病気になって最期を迎えるわけで、その過程では体の機能が衰えて車椅子が必要になったり、排泄のコントロール機能が失われておむつが欠かせない体になることもあります。それが当たり前の姿なんです。

また何よりも、病を得てこういう状態になってしまったけれど、それでも自分の晩年を振り返ったときにしあわせに生きた、と主人には思ってもらいたいのです。そのために私は、いつも楽しいことをいっぱいしようと工夫しながら、一日一日を大切に暮らしています。だから人からはどう見えようと、私も主人も決して今が不幸だとは受け止めていません。失ったものを惜しむのをやめて過去を手放したことで、生き方が変わったし、違う世界が見えるようになったのです。せっかく出版をするのなら、そういう思いも含めて介護の現実を知ってもらわなければ意味がない、とも思ったのです。

結果、さまざまな反響をいただきましたが、私自身はこの決断は間違っていなかったと信じています。世間に対して隠すことが何もなくなったぶん、ラクに生きられるようになりましたし、何を言われてもへっちゃらです。焼鳥屋だろうと回転寿司だろうと、主人を連れてどこへでも平気で行くことができます。

先日は主人の大学の同窓会に代理で行き、みなさんの前で少しお話もさせていただきましたが、同級生の方が口々に「大島は本当にしあわせな男だ。あれだけ世界的な仕事をして、晩年病に倒れても今なお、しあわせなんだから」と言ってくださいました。私はうれしくて、家に着くなり「パパ、みんながそう言ってたわよ」と、報告しました。

本の出版が、私に自分の殻を破る勇気を与えてくれました。その機会が与えられたことに、そしてそれが認められたことに、あらためて感謝をする思いです。

左手で文字を書くリハビリ中

夫がくれた忘れられない言葉

婚約時代のラブレター

「釣った魚には餌をやらない」という言葉がありますが、世の中の多くの男性は照れもあってか、妻のことをほめたり、愛の言葉をささやく、なんてことはあまりしないようです。わが家も今でこそ、「ママのことを愛していると言って」と、強制的に言わせていますが、主人が元気な頃は、そんなことを言われたことはありません。でも手紙や文章では、たくさん素敵な言葉をもらいました。

「あなたが好きです。生涯私が創るすべてのものは、あなたと一緒に、そしてあなたに捧げる」

「いつか世界に通用する監督になって、君をカンヌ（映画祭）に連れていく」

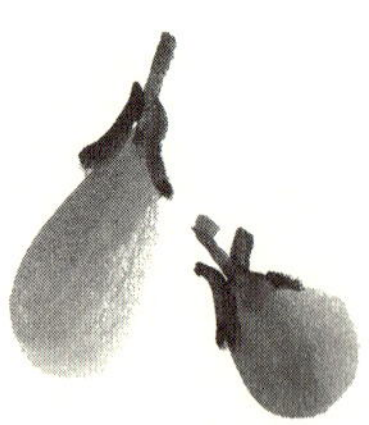

婚約時代に交わした手紙には、こんな言葉がたくさん綴られていました。

彼が素晴らしかったのは、それを決して夢物語で終わらせなかったところです。念願叶って、「愛のコリーダ」がカンヌ映画祭に招待されたのは一九七六年、結婚一六年目のこと。その後も七八年には「愛の亡霊」、八三年には「戦場のメリークリスマス」、八六年には「マックス、モン・アムール」、そして二〇〇〇年には「御法度」と、計五回も私をカンヌに連れて行ってくれたのですから。そうして、どんなときも自分の信念を貫いて映画を撮り続け、日本を代表する映画監督の一人になった。そんな彼を支えられたことが、私の誇りでもあるのです。

新婚時代の約束は反故になったけれど…

また結婚したばかりの頃、私が雑誌『ミセス』の表紙を飾ったときに、主人は「四着のお洋服と女房」という文章を『ミセス』に寄せています。

「長い長いつきあいの果てに、さて結婚しようと二人の決心がついたとき、ぼくは自分の好きなように仕事をしていくのだからぜいたくはさせられないよと言った。ところが女房、まことに素直にウンとうなずいたので、それがかえっていじらしく、ぼくはあわてて、でも年に一着ぐらいは新調の洋服を作ってやるとイバってつけ足した。するとテキはとたんに、あら、シーズンてものがあるんだから年に四着は必要よとせまった。そこは結婚を約束したうれしさに酔っていたぼくがあっさりとウンウンとうなずいてしまったのはいうまでもない。そんなわけで、わが家では年に四着のお洋服を作ることになっている」

外で働いていた私は実際には、四着どころかもっと作っていましたが、それは自分の稼ぎで買ったもの。実際は、彼はそんなには作ってくれませんでした。それでも海外に行ったときなどは、皮のコートを買ってきてくれるなど、必ず何かお土産がありました。見立てはまったく悪いんですが、その気持ちはうれしかった。

ただ、主人からもらったものは、服などのモノよりも〝目にみえないもの〟が大きかったように思います。今、こうしてつたないながらもエッセイを書いたり、講演のお仕事をいただけるのも、彼の励ましがあったから。女優という仕事に関しては長くやってきたから私なりの自信をもって取り組めましたが、それ以外のことはまったくの素人です。せっかくお話をいただいても「私には無理だからお断りをしようと思うの」というと、必ず笑いながら「君ならできる」と背中を押してくれました。

そうやって励ましてもらうと自信になるし、不思議と、この人がそう言うんだったらできるのではないかという気になるんです。人は誰しも潜在能力をもっていますが、それが開花できるかどうかは周囲の環境などによると思います。彼のような夫だったから、私は自分の世界を広げることができたのだと感謝しています。

思いもかけなかった最高のラブレター

そんな主人から数年前、私は思いがけないプレゼントを贈られました。それは、元気な頃に彼が翻訳を手がけた『ベストフレンド　ベストカップル』(ジョン・グレイ著　三笠書房　知的生き方文庫)に書かれていた言葉です。家に送られてきたその本を、どんな本なのかと思ってめくっていたら、あとがきに目が釘付けになりました。

「妻は変わることなく私を〝評価〟し〝信頼〟してくれた。男として女性から与えてほしいものを全部与えてくれた。そのおかげで、私は少しずつ彼女の望むものを与えることができるようになった」

結婚してから半世紀。面と向かってそんなことを言われたことは、一度もありません。でも、心の奥ではそんなふうに思っていてくれたんだと、胸が熱くなりました。彼もまた、いつのときも私を認め、尊重してくれた。そこに綴られていた言葉は、そのままそっくり私が夫に抱いていた思いでもありました。

書くことはもちろん、満足に話すことすらできなくなった夫から、何十年ぶりかにもらった最高で最後のラブレター。夫婦というのは合わせ鏡のようなもの。この人と一緒になって本当によかった……。きっと、主人もそう思っていてくれているはずです。最後の最後は、二人きりで一緒のお墓に入る。それが私たちの約束です。

結婚１年目の頃

大島渚・喜寿のお祝い会

心強い友の言葉に背中を押されて

　主人が病に倒れてから、何度も大変な時期を乗り越えて、無事、喜寿を迎えられたのはとてもしあわせなこと。だからこそ、そのお祝いは華やかにしてあげたいと、かねてから私は考えていました。

　でも、主人は二〇〇九年に入ってから体調がすぐれず、ベッドで過ごす時間が増えていて、子どもたちには「うちでささやかにお祝いしたほうがいいんじゃない?」と言われました。確かに彼らの意見はもっともで、会場を借りてセレモニーをやるとしても、当日主人の具合が悪くなったらキャンセルせざるを得ません。

　そう考えると踏ん切りがつかず、悩んでいたある日、夫婦共通の友人である作家

の澤地久枝《さわちひさえ》さんと電話で話をする機会がありました。お祝いの会について、「どうしたものか迷っているの」と告げた私に、澤地さんはこう言いました。

「それは、絶対に盛大にやるべきよ。もし当日大島さんが行けなかったら、それはそれでいいじゃない。さっきまで元気だったんですが、具合が悪くて来られなくなってしまったと皆さんにそう言って、小山さんだけ出席すればいいのよ。会は私たちで主催するから、あとはまかせて」

そのありがたい申し出に背中を押され、地元・神奈川県藤沢の中華レストランで、会費制の宴が開かれることになりました。

いちばんの望みは、格好いい大島渚を見てもらうこと

さて、それからが大変でした。招待状の発送や当日の司会進行などは、澤地さんをはじめ、映画プロデューサーの元持《もともち》さんなど世話人の方々がやってくださることになりましたが、私は私ですることがいっぱいあります。

まず取りかかったのは、引き出物の準備です。何か記念になるような品をと考えた末、主人のこれまでの軌跡をたどるミニアルバムを製作することにしましたが、

招待客全員分を手作りするのは、とんでもなく労のいることでした。古いアルバムのなかから、子ども時代の写真や夫婦の写真、家族の写真などをセレクトして組み合わせ、ひとつひとつにコメントをつけて……。手伝ってくださる方の力を借りてなんとか当日に間にあわせることができましたが、苦労の甲斐あって、大島渚らしい記念品となりました。

また私がもっとも心を砕いたのは、当日、主人がいちばんいい状態で皆さまにお会いできるようにすることでした。そのために体調管理をし、一週間前には美容師さんに家まで来てもらって髪をカット。着物の好きな人だから着物を着せたいと思いましたが、車椅子に座ったままで最後まで着物が乱れないようにするのは至難の業。着物の身頃の両脇にある身八つ口を破って開き、そこに紐をとおしたり、下の襦袢を安全ピンでとめたり工夫しました。また、足の具合が悪くてパンパンに腫れているから足袋が履けない。それで、五本指の綿の靴下を買ってきたのですが、いざ草履を履かせたら脱げてしまうものだから、ゴムをあとがけにして……。ほとんど執念のようでしたが、主人の姿を見た皆さんに、「ああ、大島監督は昔と変わらないね」と言ってもらいたい。ただただ、その一念だったのです。

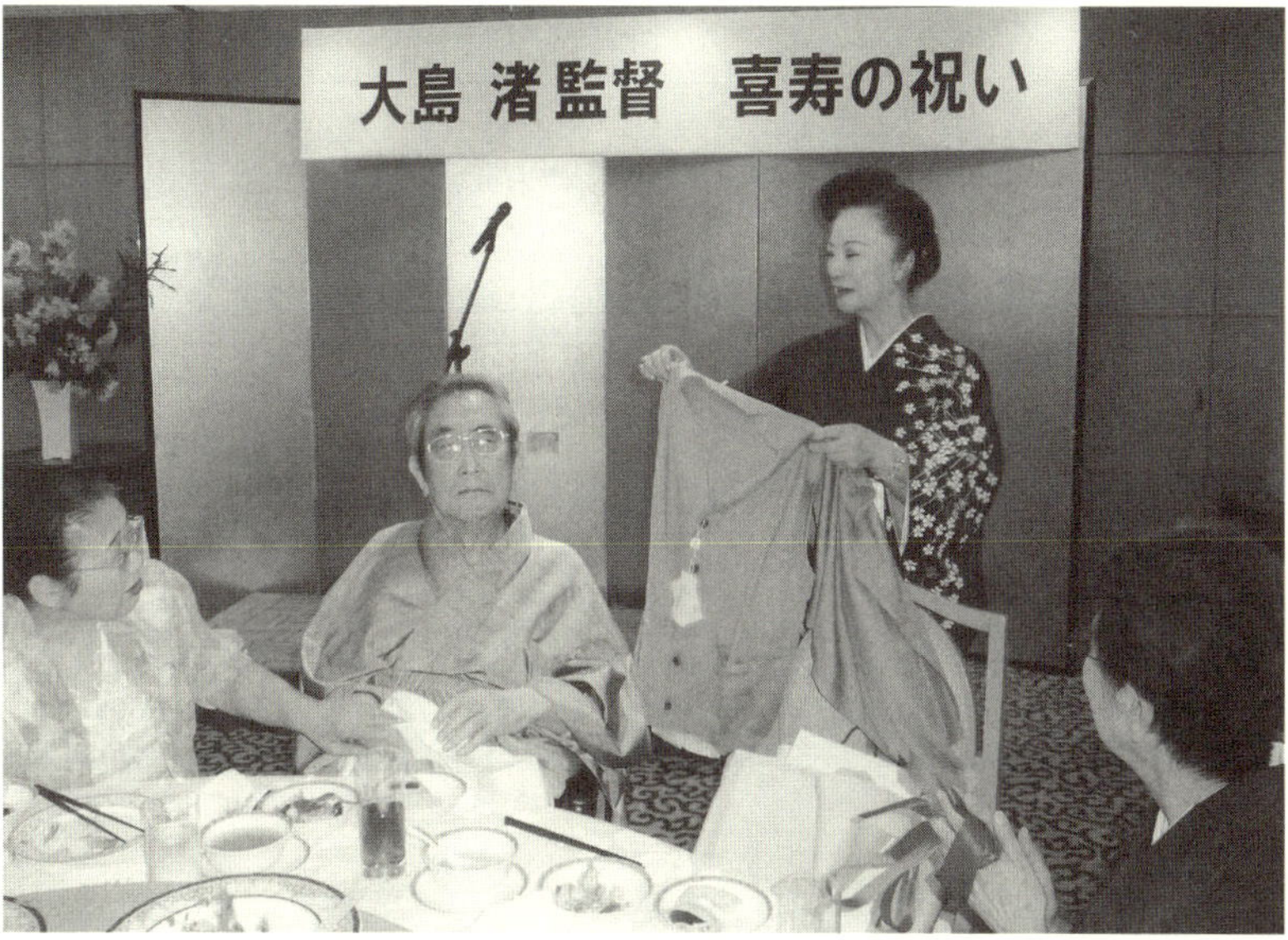

2009年４月、「大島渚監督喜寿のお祝い会」。
出席者の皆さんからカーディガンのプレゼント

感動に包まれて過ごした、至福のひととき

そして迎えた当日。集まってくださった六九人のお客さまは家族や親戚、そして映画関係者など、近しい方ばかりです。皆さんからの大きな拍手で迎えられた主人は、終始ご機嫌で、乾杯のビールを飲み、お祝いのスピーチもしっかり聞いているよう。なかでも、大島組で助監督を務めた崔洋一《さいよういち》さんのスピーチで、当時彼らが足繁く通っていたという、京都南座の前にある飲み屋さんでの思い出に話が及ぶと、うれしそうに笑っています。きっと懐かしかったのでしょう。こんな主人の顔は、本当に久しぶりに見ました。

そして極めつきは歌。主人は普段は声がうまく出せないのですが、訪問の歯医者さんがリハビリの一環で「歌を歌ってみましょう」と言ったら、『巨人の星』の「ゆけゆけ飛雄馬」を歌えたんです。昔、酔っぱらうとよく歌っていた歌で、ちゃんと歌詞も覚えていて。それで、パーティのときに歌ってもらえれば、皆さんにも喜んでもらえると思い、「パパ、当日はこれを歌ってね」と頼んだら、「うん」と言うのですが、練習をしようと言っても歌わないのです。「まあ、いいわ。パパは本番

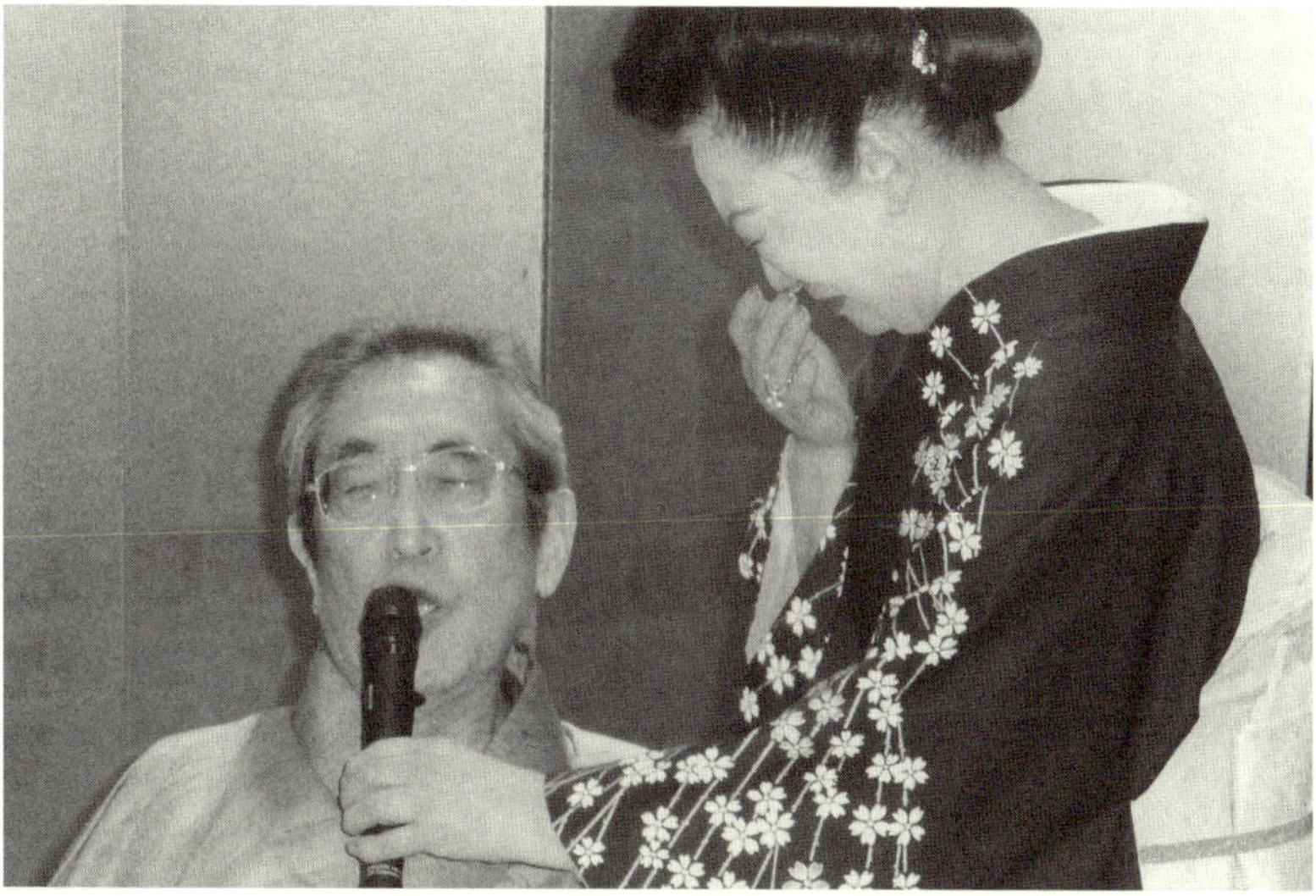

「ゆけゆけ飛雄馬」を歌う主人の姿に、思わず涙が溢れた

に強いから」とぶっつけ本番で臨んだら、本当に力強い大きな声で歌ってくれたんです。その勇姿に、私は涙が溢れました。

こうして皆さんが主人のためにと、いろいろ尽力してくださったおかげで、大人数だけどアットホームな、とてもいい会になりました。懐かしい面々にも会えて楽しいひとときを過ごした主人もとても満足そうで、やっぱり無理をしてでも開いてもらった甲斐がありました。

主人の体調を考えると、もう、こんな会はできないかもしれません。でも、この先には、私たちの金婚式も控えています。そのときにはきっと皆さんと再会できるという希望をもって、これからも続く二人の人生行脚を、楽しく、そして大切に過ごしていこうと思っています。

人生の最期の迎え方

やがて来る「その日」のために準備していること

私は最近、身の回りの整理を始めるようになりました。私にとっては思い出深い大切な品々も、他人から見ればゴミの山。もしものことがあったときに周りに迷惑をかけないよう、今のうちから少しずつ片づけておこうと思うのです。

それで先日も、姪っ子たちを家に呼んで、「よかったら着てくれない？」と毛皮のコートなどをあげたのですが、着物好きな人には着物を、貴金属などでも使えるものがあったら、私の周りの縁のあった人たちに、自分が生きているうちにみんなもらってもらおうと思ったのです。そうすれば、私が亡くなったあとでも、「これは昔、おばさんが着ていたのよね」などと思い出してもらえるじゃないですか。

また、子どもたちにはこんなふうに宣言しています。

「ママはパパのように長患いじゃなく、コロッと人生を終わりたいし、できるだけあなたたちの世話にならないように最期を迎えるつもり。だから、葬儀のときに流して欲しい音楽や、飾って欲しいお花の種類もちゃんと指定しておきます。でも、いくら世話にならないとはいっても、一週間ぐらいはあなたたちに心配をかけてから逝きたいわ」

そうしたら、お嫁さんからは「お母さん、せめて一か月にしてください」と言われてしまいました。

私ももう七十代半ば。今は八十、九十歳でも元気な方も多い時代ですが、それでも七十歳も過ぎれば、もういつ人生を終えるかもしれない、ということを考えなければならない時期にきているのではないでしょうか。

私がこうやって、「死」というものを強く意識するようになったのは、やはり主人が生きるか死ぬかの体験をしたことが大きく影響していると思います。

二度目に彼が倒れて危篤状態に陥ったとき、お医者さまからは「万が一のことを覚悟して欲しい」と告げられました。このときは家族会議を開いて、もしものときはどんな葬儀にするのかまで話し合いました。その後も救急車騒ぎを起こすなど、何度もピンチに襲われています。そうしたことを経験するなかで、人は必ず死ぬのだ、という当たり前のことが、実感として私の目の前に立ちはだかってきたのです。

それともう一つ。二〇〇一年に、作家の丹羽文雄《にわふみお》さんのお嬢さんの本田桂子《ほんだけいこ》さんが、父母を残して急逝されました。彼女が書いた介護に関する本も読んでいたので大変ショックを受けましたが、それと同時に、人間にはそういうことも起こり得るということも実感しました。ときには、介護を受けているほうが生き残り、介護をしているほうが先に逝くこともあるのかと思ったとき、自分の死もまた、身近なものとして捉えるようになったのです。

そして、伝えていきたい思い

それに対して私が思ったのは、いつ、何が起こっても後悔しない生き方をしようということでした。身の回りの整理を始めたのもそういうことからですし、限りある命だからこそ今日一日を、今、一瞬一瞬を大切にしようと心がけています。

主人に対してもそういう姿勢で接しているので、彼が希望することは、どんなことでもすぐに叶えてあげることにしています。それは、今やらないと叶わないかもしれないから。だから、いつお迎えがきても後悔しないだけのことはやってきた、と胸を張って言えるようにと思っているのです。

そしてこれからの人生では、私自身のそんな生き方を子どもや孫たちにきちんと伝えていくことこそ、私の役目だと考えています。「いろんなことがあったけど、おばあちゃんは毎日を精一杯生きていたよ」と。そして、孫たちには楽しい思い出をたくさんつくってあげたいのです。それは近い将来、必ず別れがくるからです。

孫たちは元気なときの主人を知らないので、車椅子で不自由な身となった姿としか接していません。一緒に遊ぶこともできないけれど、それでも、おじいちゃんの家に行けばいつも楽しかったと思ってもらいたい。だから誕生日など何かにつけて家族で集まり、食事に行って、そうして一緒に過ごした時間を写真に収めて……。そうすればたとえ別れがきても、思い出として残ります。

先のお彼岸には、孫と一緒にお墓参りに行ってきました。孫にとっては物心ついてからのはじめてのお墓参り。お墓がどういう場所かもわからないので、「ここは

2006年、ビールで乾杯
自宅近くの焼き鳥屋で

あなたのご先祖様が眠っているところ。いずれはばあばもここに入るから、ちゃんとお参りしてね」と話しました。

小さい子には「死」ということはまだわからないでしょうが、それでも親から子、子から孫へと脈々と命がつながってきたから、あなたたちが今ここにいる。そんな奇跡のような確率でつながってきた命だからこそ、慈しまなければならない。そういうことは、親なり、祖父母なりがきちんと教えなければいけないと思うのです。

「誰もみな　こころは父の　形見なり　はずかしめなよ　己がこころを。誰もみなからだは母の　形見なり　きずをつけなよ　己がからだを」

これは私が好きな道歌で、彼らに伝えていきたい思いでもあります。

第二章

私の介護術

おしゃれの効用

おしゃれをする余裕もなかった頃

最近は、お年を召してもおしゃれな方が増えています。それって、とてもいいことですね。普段は主人の介護があるのでジーパン姿で家のなかを走り回っている私も、仕事のときには、着物を着ます。すると、身も心もシャキッとして、気持ちまでリフレッシュします。

けれども、今でこそそんなふうに多少はおしゃれを楽しむ心の余裕もできましたが、かつてはおしゃれをする余裕もありませんでした。とくに「介護うつ」に陥っていた頃は最悪でした。髪は染めることも忘れてまっ白でボサボサ。化粧もせず、服は目についたものをただ身につけるだけ。汗臭くてもおかまいなしで、昨日着た

Tシャツをまた着ることもありました。

そんな私が、「このままではダメだ。自分をなんとかしなくては」と思ったのは、主人のリハビリに付き添って行った先での、ある出来事からでした。

「奥さん、奥さん、あそこ見て、映画監督の大島渚よ」

病院のリハビリ室で主人を待っていると、隣に座った年配の女性がこう話しかけてきました。その方はすぐそばで、私の顔を見ているにもかかわらず、私が妻で女優の小山明子であることには、まったく気がついていない様子でした。そのことにショックを覚え、逃げるようにしてその場をあとにしました。自宅に帰り、ふと鏡を見ると、そこに映っていたのは見知らぬおばあさんの姿！

これではもし、彼女が小山明子を知っていても、気づかないだろう……。我に返った私は、翌日からさっそく日替わりで着るために、色の違うTシャツを一週間分そろえました。それが長い「うつ」のトンネルを抜ける第一歩となったのです。

人間の外見と内面は、車の両輪のようにつながっています。このことで、私はおしゃれの大切さに目覚めました。だから、肉体の自由を奪われて車椅子生活となり、生活全般に介護が必要となってしまった主人にも、できるだけおしゃれを楽しんでもらいたいと、いろいろ工夫を凝らしています。

毎日、おしゃれを楽しんで

普段の生活ではまず清潔が一番なので、下着は毎日、パジャマは二日に一回は洗濯します。トイレのあとは大はもちろん、小のときも必ず濡れタオルでふく、を徹底しています。服はもっぱら脱ぎ着をさせやすいトレーニングウェアですが、それでもカラフルなものを一〇着ぐらい取りそろえ、古くなってきたらどんどん新しいものにチェンジして。だから一着何万円もするような高級品は買えず、もっぱら安い通販を利用していますが、それでもいつも新しくてきれいなものを着ていたほうが、本人も気持ちがいいはずです。

また、主人は元気な頃は人一倍おしゃれな人でしたから、月に一度は私の行きつけの美容室の先生に家まで来てもらい、ヘアカットをお願いしたり、メガネも一年に一回ぐらいはつくり直しています。カットをすればこざっぱりするし、メガネだってフレームが変われば気分も変わるもの。週に一度のリハビリを除いてはほとんど外出をする機会もなくなり、単調で変化の少ない毎日だからこそ、少しでも主人が喜ぶことをしてあげたいのです。

一方、お正月のようなハレの日や、たまのお出かけのときは、大好きな着物を着せることにしています。じつは、はじめは着せにくいからと、手持ちのいい着物を作務衣のようにセパレーツにしてしまったんです。でも、そうすると後々、誰かに差し上げるわけにもいかなくなってしまう。それではあまりにもったいないと思い直し、どうすれば着崩れを防げるかを考えて、両脇の下の縫い目をほどいて、女の人の着物みたいに身八つ口をつくりました。そうすれば、そこにベルトを通して締められるから、前合わせもピシッとしてだらしなくならない。我ながら、これはグッドアイデアでした。あとは、前がはだけてしまうのでひざにはブランケットをかけ、お気にいりのコロンをシュッとひと吹き。

本人もうれしいでしょうが、そういうおしゃれな主人の姿を見ると、私までうれしくなります。だから「今日のパパはステキね」とか「ほかの女の人が寄ってきたらどうしよう？　でも、ママだけにしてね」などと、思いっきりほめてあげるんです。すると主人も、ウフフッと笑って、「うんうん」と満足そうな様子です。

介護はよくその道のりの長さ、苦しさからマラソンにたとえられます。でも、たとえ小さなことでも、そういう「楽しいと思える瞬間を増やして」いけば、お互い、毎日をしあわせに暮らしていくことができるはず。おしゃれもその大切な要素の一つだと思うのです。

先日は織物の展示会に行き、とてもステキな手機織りのジャケットを見つけました。でも、今、主人には新しい洋服を買っても着ていくところがありません。だから、同じ生地でお出かけ用のひざ掛けをつくってもらうよう、オーダーしてきました。それを見せたときに主人がどんな反応を示すか、今からとても楽しみにしています。

特別な日は着物を着て晴れやかな気分を愉しむ
私の古希を祝う会で

介護される側の尊厳を守る

お年寄りは赤ちゃんと同じ⁉

主人に付き添って高齢者ケア施設や病院のリハビリセンターに通っていると、家族やスタッフが介護を受けているお年寄りに、赤ちゃん言葉で話しかけている光景を見かけます。

けれども、私はこうした言葉遣いにとても抵抗を感じます。体が不自由であっても、たとえ認知症でも、その人が生きてきたこれまでの長い人生に思いを馳せ、人格や経験を尊重して、きちんとした言葉や態度で接する自分でありたい。

また、どなたもそういう尊敬の気持ちをもってお年寄りに接してもらえたらいいな、と思います。

私が介護をするうえで心に刻みつけているのは、本人のプライドを傷つけないようにすることです。私がそうしようと強く思うようになったのには、じつは、一つのきっかけがあります。

あれは孫の一人が、まだ二歳の頃のことでした。うちでお誕生日会をやっている最中に、その孫がおもらしをしてしまったことがありました。私は孫に言いました。「おむつを取り替えていらっしゃい」と。

すると、孫がわんわん泣きだしてしまったのです。そうしたら嫁に、「お義母《かあ》さん、みんなの前で言わないでください。この子のプライドが傷つきますから」とたしなめられたのです。

そのときは、「二歳の子に何がプライドよ。おもらしをして当たり前じゃない」と思いました。でも、あとでハッと気がついたんです。こんな小さな子でも、おもらしをしたとかおむつを取り替えてと言われて傷ついたということは、大人はどれほど傷つくのかと。

介護をされる人は、体が自由に動かなくなり、生きるためにおむつをすることを受け入れなければなりません。主人もかつては「もう死んだほうがましだ」と、たびたび絶望的な言葉を口にしました。入浴や排泄の介助のときも、きっと、そのたびに傷ついているのでしょう。

その気持ちを思いやると、それ以上不快な思いをさせないためにも、せめて本人の尊厳を守りたい。それが私の務めだと考えるようになったのです。

変わらぬ尊敬と愛情をもって

とりわけ、介護のなかでも排泄の介助はデリケートな問題です。私もかつては主人を気遣うあまり、黙っておむつを替えて、何事もなかったかのようにしていました。でもあるとき、そうすることで逆に彼を傷つけているのかもしれない。そう思い、以来ユーモアで和らげることにしています。例えば、便秘が続いて薬を使ってでも出さなければならないときには、「ママなんか、バナナみたいなうんちが出るのに、どうして出ないの?」と言ってみたり。便意が感じられないため、食事中に出てしまうこともありますが、「いっぱい出てよかった。すっきりしたでしょ。これでゆっくり食べられるわね」。そう言って私が笑顔を見せれば、主人も和むでしょう。

もちろん普段の生活でも、主人を立ててあげようと心がけています。例えば、いまだに主人のところにはパーティや試写会の案内などがたくさんきますが、当然欠席に決まっています。でも必ず「どうしますか？」とおうかがいを立ててから私が処理をするのが、わが家のルール。さらに息子たちの家族がわが家に集まってくれば、ここぞとばかりに主人をほめたたえます。「パパがいちばん！　何をやってもパパには絶対かなわないわ」と。

そうすると主人も満足そうにしています。また孫たちの目には、「じいじは何もできない人」と映っているわけですから、「あなたたちのおじいちゃんは偉い人なのよ」ということは、私が言わないと伝わりません。本人は何も伝えることができないのですから。

これは、主人に対する感謝の気持ちの表われでもあります。考えてみれば、これまで私は、どんなに主人を頼ってきたことか。女優の仕事を続けてこられたのも、主人が何かにつけ「大丈夫、君ならできるよ」と励ましてくれたおかげです。そもそも結婚したら仕事を辞め、専業主婦になるのが当然とされていた時代に、「絶対やめるべきではない」とハッパをかけてくれたのも彼でした。その主人が病に倒れて、私はこれまで自分が精神的にいかに夫に依存し、頼り守られてきたのかを思い知らされました。

その共に歩んできた時間と深い信頼。そして溢れるほどの感謝の気持ちがあるから、主人のプライドを尊重し、できることが少なくなっても、変わらぬ尊敬と愛情をもち続けて生活しようと思っているのです。

デパートで夏用の帽子を一緒に選ぶ

発想を転換するとラクになる

イヤイヤやったら介護ほどつらいものはない

先日、新聞を読んでいたとき、読者の投稿欄のところで、ハッとさせられる文面がありました。

「介護を楽しいという人がいるけれど、冗談じゃない。私は今、さんざんいじめられた姑の介護をしているが、そんな人の下の世話までさせられて、こんなに苦痛なことはない」

確か、こんな内容でした。ちょうどこの時期、介護体験についてのエッセイを新聞に載せていたので、この方は私のことを指してるのかしら、と思いました。

私と主人の間は深い愛情と尊敬で結ばれているけれど、世の中にはそうではない

関係もある。それでも身内だからと、世話をしなければいけない状況に陥ってしまったら……。本当に大変だと思いますし、それに比べると、私は恵まれているのかもしれません。

ただ、ご批判を覚悟のうえであえて言わせていただけば、私も、介護そのものは決して楽しくはありません。毎日、下の世話に追われ、「大変！」と叫びたくなるようなことが次々に起こるのですから、それをいそいそとはできません。

だからこそ、思うのです。イヤイヤやったらこんなにつらいことはないのだから、発想を転換して、どうしたら少しでも楽しくできるのかを考えようじゃないかと。

そのために私が心がけていることの一つは、プラス思考です。じつはこの間も、息子とこんな会話を交わしたばかりでした。

「ママは偉いよね。うんちが出た、おしっこが出たといっては、一生懸命取ってあげて。ちっとも、パパの世話をイヤがらないじゃない？」

「そうなのよ。でも悪いけど、あなたたちのおむつは取り替えたことがないの。おばあちゃんがいて、お手伝いさんがいて、全部やってくれたから。だからきっと神様が、子育てをしてない分、罪滅ぼしとしてこれをやりなさいって言っているのよ。実際、今、パパの下の世話をしているときはお母さんの気分。汚いともなんとも思わないのは、私のなかの母性本能ね」

こう言って笑わせたのですが、要するに、大変なことでも考え方一つで、心が軽くなる場面は多々あると思うのです。

例えば、主人からわがままを言われたり、八つ当たりをされたときもそうです。妻である私に甘え、私だったら許してもらえると信じているがゆえだと思えば、腹も立ちません。もちろん疲れて心に余裕がないと、「もう、いい加減にしてよ」と言いたくなることもありますが、そういうときはユーモアで乗り切るに限ります。

「パパ、一日最低一回は私に当たり散らして長生きしてね。私もストレスがたまらないよう、ときどきパパに怒鳴り返して長生きするから」

すると、主人も思わず笑って、険悪ムードも一瞬にして立ち消えになるのです。

また、一人で何もかも抱え込まないことも大切です。とくに介護が大変だと感じている人ほど、無理をしてでも自分の時間をもつように、と言いたいですね。今の時代、介護保険を活用すればヘルパーさんに来てもらえるし、デイサービスやショートステイなども利用できます。

私もケアマネージャーと相談してケアプランを立て、限度額いっぱいフルに使わせていただいてますが、そうして他人にゆだねてできた息抜きの時間は映画を観たり、習い事に行ったり、あるいはお友だちとおしゃべりをしたりと、自分のために使っています。

共倒れにならないために

介護は長丁場ですから、向き合っているだけでは続きません。世間では、「家族が倒れたら、つきっきりで世話をするのが妻や嫁の務め」という声もありますが、私はうつ病にまで追い込まれたおかげで、それは間違いだと気づきました。自分自身が毎日の生活を楽しみ、イキイキしなければ、介護する側がつぶれてしまいます。

共倒れになったら、それこそ悲劇です。だから、楽しい時間を過ごすことに罪悪感をもつ必要はまったくない、と思うのです。

さらにもう一つ、心にしっかりと刻みつけていることがあります。それは、介護の場合、イヤイヤやっているか、本当に心をこめて一生懸命やっているかは、自分で思っている以上に相手に伝わってしまいます。ということは、心をこめてお世話をすれば、どんな相手であれ、必ずいつかはわかってくれるということです。

二二年間同居した、主人の母のときもそうでした。悪性リンパ腫で入院していた姑は、死期を悟ったのか、どうしても家に帰りたいと言い出しました。それで、下半身不随で口もきけなくなってしまったけれど家で看取ろうと覚悟を決め、私はその間、仕事を休んで付き添いました。私に代わって子どもたちを育ててくれた姑に、恩返しがしたいと思ったからです。そうしたらある日、何か言いたそうにしているので、コミュニケーションをとるためにつくった「ひらがなボード」の文字を順番に指してもらったら、「あ」「り」「が」「と」「う」と。今まで一度も言われたことのなかった言葉だけれど、最後の最後にはちゃんと通じたんだなと、思わず涙が溢れました。

介護というのは合わせ鏡です。現実は変えられないけれど、少しでも前を向いて主人と共に、一日一日を笑顔で過ごそう。そのための努力なら惜しまない。私は今、そんな気持ちで日々を送っています。

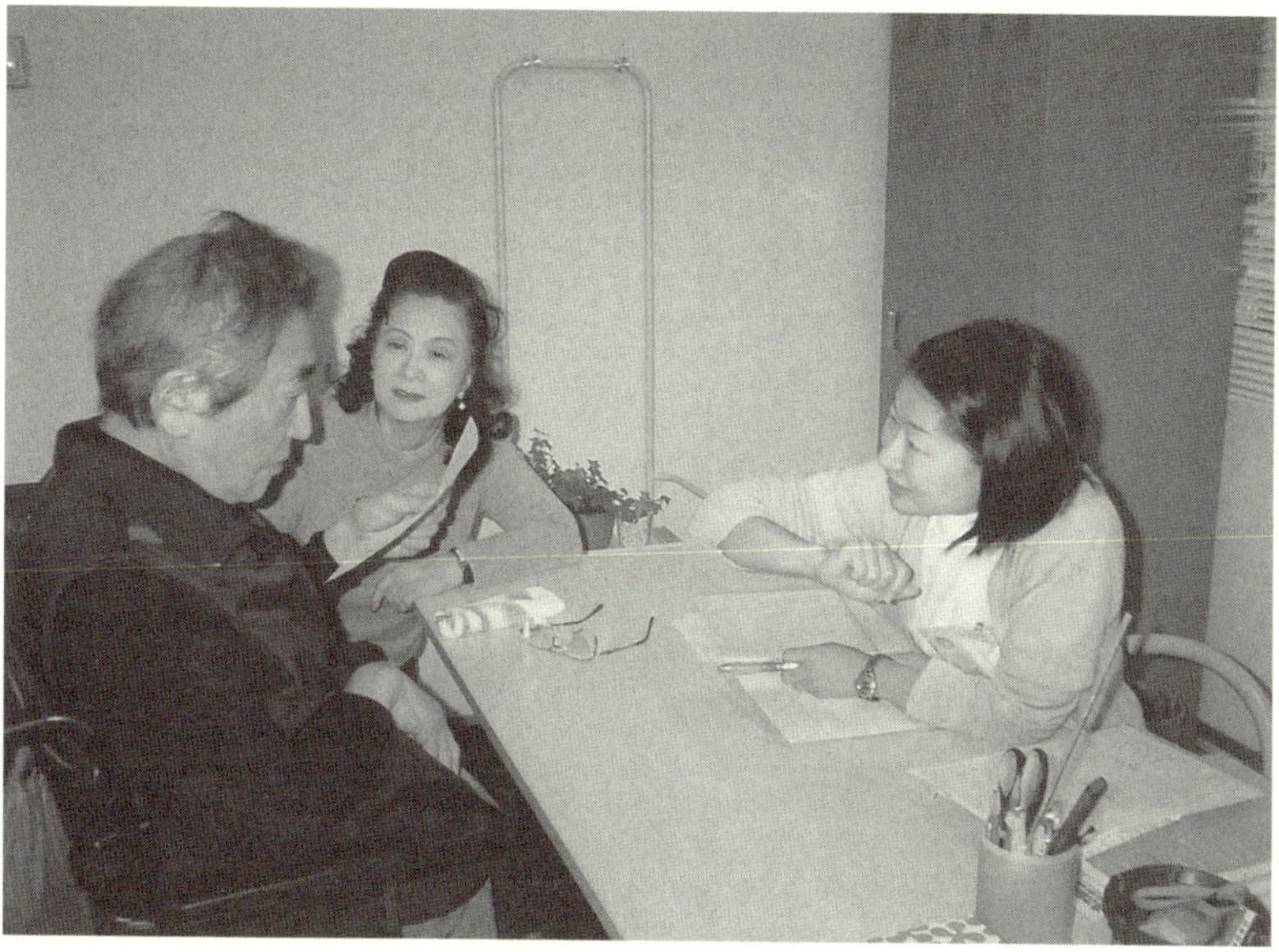

言語療法中の主人

言葉の力

読書の喜びに目覚めて

言葉には人を慰め、勇気づけ、そしてときには生き方を変える力がある。

私がそんな言葉の力に気づいたのは、主人が二度目に倒れ、「生きるか死ぬか」という深刻な状態に陥った頃でした。入院に付き添っている間に、病院の移動図書館でたくさんの本を読んだのがきっかけです。

読書家の主人に比べ、それまであまり本を読むことがなかった私は、このとき初めて読書の喜びに目覚めました。そして心にしみる言葉を見つけると、介護ノートに書き留めていきました。ただ漠然と本を読んでいると、感動したことは覚えていても、何にどう心が震えたのかはしばらくすると忘れてしまいがちです。けれど、

一つ一つの言葉を自分の手で書き写し、何度も何度も繰り返し読み返すと、しっかりと心に刻み込まれる。それが不安と闘う日々のなかで、私の大きな力になってくれました。

上智大学で「死生学」を教えてきたアルフォンス・デーケン神父の著書『よく生き　よく笑い　よき死と出会う』（新潮社）という本のなかで出合った言葉も、その一つです。

「過去の業績や肩書に対する執着を手放し、新たなスタートラインに立ったつもりで、前向きに生きていくことを心がけましょう」

その言葉に、ハッと胸をつかれました。

というのも、当時の私は「変えようのない現実について、必要以上に思い煩うのはやめよう」と考えようとはしていても、主人は映画監督として、私は女優として、それぞれに輝いていた日々を思うにつけ、「パパさえ倒れなければ、今頃は……」という気持ちを捨てきれずにいました。だから、同年代の人たちが活躍している姿を見るとやりきれないほど寂しくもなった。今思えば、私は地位や名誉、お金などいろんなことに執着していたんですね。

でも、このひと言で目が覚めました。そして思ったのです。もう過去にとらわれるのはやめよう。体の不自由な夫とその妻として、昨日よりも今日、今日よりも明日、状態が悪化することもあり得るけれど、常に「今、ここ」がスタートラインだと思って、一日一日を前向きに生きていこう。女優の代わりはいくらでもいるけれど、大島渚の妻は私だけ。夫というたった一人の、私にとってはかけがえのない男性のそばにいて支えることで自分を輝かせよう。そう覚悟ができました。「過去を手放す心」。この言葉は、私の人生観を変えました。

一つ一つの言葉が心の栄養になる

「人は、不幸を受け入れながら幸せになる」

柳田邦男《やなぎだくにお》氏が「わたしの幸福論」という記事のなかで綴っていたこの言葉も、忘れられません。

人はどんな不幸に見舞われても、やがてはその不幸をも人生の糧に変えていく力を秘めていると、柳田さんは言います。彼自身、最愛のご子息を自死で失ってからも、素晴らしい作品を書かれています。その姿に、私も心を打たれました。

「やってみせ、言って聞かせて、させてみて、褒めてやらねば人は動かじ」

ご存じ、連合艦隊司令長官の山本五十六《やまもといそろく》氏のこの名言は、私が実際にホームヘルプサービスを活用するうえでのヒントになりました。

こちらが望むようなケアをヘルパーさんにしてもらうためには、まず自分でやってお手本を見せ、「こうしてほしい」という指示を出す。そして指示どおりのケアが行なわれているかに目を配り、不満や改善して欲しい点があるときには、遠慮せずにきちんと相手に伝える。また、「やってくれて当たり前」ではなく、「ありがとう」「助かります」といった感謝の気持ちを忘れない。良好な関係づくりのためには、それが大切なのだと、常に肝に銘じています。

さらにもう一つ、日々の生活を送るうえで心がけているのが、何気なく手に取った雑誌に載っていた言葉ですが、「カキクケコの精神」です。

「カ」は感謝する、感動する。「キ」はいろいろなことに興味をもつ。「ク」はさまざまな工夫をする。「ケ」は健康に注意する。「コ」は好奇心をもつ。これがイキイキと生きるための秘訣だというのです。なるほど！　と思いました。考えてみれば、私がうつに陥っていたときは、こういう気持ちがまったくありませんでした。

だから、この言葉は心身の健康のバロメーターなのだとも思っています。幸い、今のところはすべて合格。私はいたって元気です。

それというのも、こうした一つ一つの言葉が確実に心の栄養となり、そして生きていくうえでの支えになっているから。これからもいい言葉とたくさん出合って、自分の心を育てていきたいと思います。

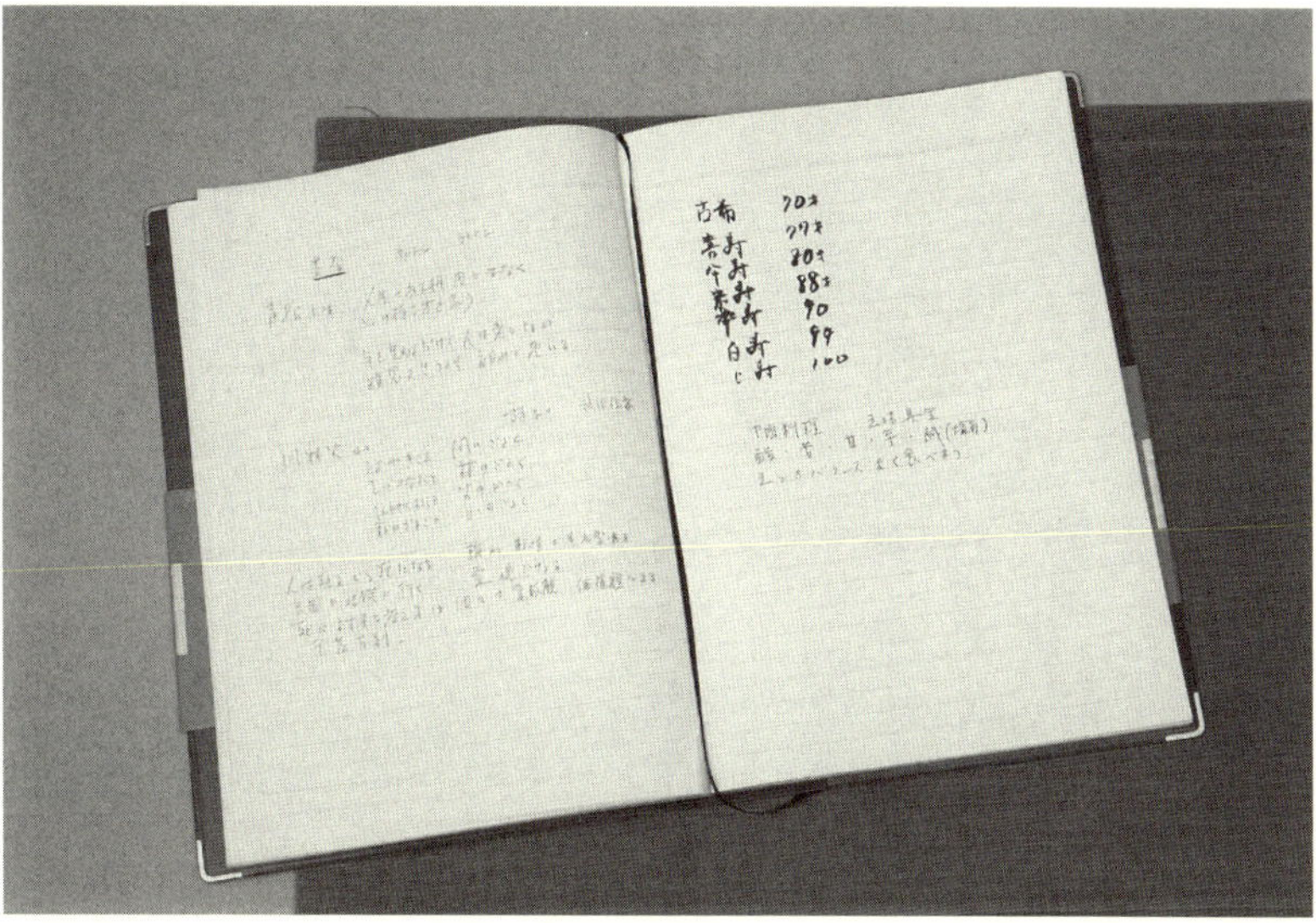

心に響いた言葉を書き留めた介護ノート

食べる楽しみは奪いたくない

うつの原因は食事づくりにあった⁉

主人の介護生活が始まった当初、私はうつ病に苦しみましたが、その最大の原因は、じつは食事づくりにありました。

脳出血で倒れた主人は血糖値が高く、再び脳出血を繰り返さないため、また、さまざまな合併症を防ぐためには糖尿病の食事療法をしなければならず、一日に一二〇〇キロカロリーを超えないようにとの指示を受けました。料理の本を何冊も買い込み、食品交換表と見比べながらカロリー計算をし、試行錯誤する毎日でした。それほど気を配っていても、病院の栄養士さんに一か月分の献立表を提出すると、「まだ野菜が足りません」「お肉はもっと減らさないと」など、注意されてしまいま

す。頑張っても頑張ってもうまくいかず、本当にダメな妻だと落ち込んでいったのです。

それほどまでに神経質になっていた食事づくりですが、主人が十二指腸潰瘍穿孔で再び倒れ、生きるか死ぬかの山を越えてからは、極端な食事制限をするのはやめにしました。

長生きするためにいろいろ我慢していても、病気になるときはなるし、死ぬときは死ぬ。限りある命だからこそ、今日一日を楽しく暮らせなかったらなんのための人生でしょう。血糖値も大事だけれど、体の自由がきかなくなって、それでなくてもつらい思いをしているのだから、せめて食べる楽しみは奪わないであげよう、と決心したのです。

そうして厳密な糖尿病食をやめ、おいしいもの、好きなものを毎日少しずつ食卓に並べ、大好きなお酒もたしなむ程度ならいいだろうと解禁に。「病気の人に毎晩お酒を飲ませるなんて」とおっしゃる方もいらっしゃるでしょうが、これがうちの方針です。主人の場合は、缶ビール一本ぐらいならリラックスできて、むしろプラスになっているようにも思えます。

食事ノートで健康管理

その代わり生活は規則正しくして、八時に朝食、十二時に昼食、夕食は六時からときっちり決め、食事ノートをつけて三食のメニューとともに、便が出た出ない、お腹を壊したなど、その日の体調をメモ書きしています。危なそうなときは、血圧や血糖値も測っています。そうして健康状態に常に目配りしていれば、トラブルの兆しが見えたときには病院に連れていくなど、早めに対処できます。

また日頃の食生活では、野菜がたっぷりとれるようにと心がけています。もともと主人は肉好きで野菜嫌いな人なので、どうやって野菜を無理なく食べてもらうかが工夫のしどころ。そこで、まず目覚めの一杯には、レモン半個分を絞ったトマトジュースを。血液サラサラ効果があるというタマネギも、おみおつけに必ず入れます。わが家の味噌汁は毎日タマネギ入りなんです。それから、新作メニューにも次々挑戦しています。テレビの料理番組を見ていていいなと思ったメニューはメモをしたり、新聞や雑誌の料理欄を切り抜いてストックし、必ず一度はつくってみることにしています。最近のヒット作は、鶏手羽元と丸ごとタマネギのスープ煮。アボカドにトマトや貝柱を加え、ワサビじょうゆであえたものも好評でした。

そうして体によく、なおかつ主人が毎日の食事を心待ちにできるようなレパートリーを増やしていき、目でも楽しめるよう、盛りつけや器にも心を配っています。来客用にしまってあった高価な器も出してきて、惜しまずにどんどん使っています。こういう状況になったら、お客さまのことより日々の生活のほうが大事。そうやって主人のためにいろいろやってあげることが、私の張り合いでもあるのです。

大切なのはメリハリ

さらに、月に一度は外食の機会も設けています。普段はコレステロールの多い肉を控えて魚と野菜中心の献立にし、カロリーオーバーにもならないよう気をつけていますが、このときばかりは制限なし。周りの人は「大丈夫なの？」などと心配してくれますが、月に一回くらいは好きにさせてあげたい。そういうメリハリが、生きている楽しみにつながると思うのです。

車椅子とベッドの往復で、体をほとんど動かさない主人は腸の動きが悪く、便が詰まってしまうと腸閉塞の恐れがでてきてしまいます。また嚥下《えんげ》がうまくいかず、いつまでも食べたものを口の中にため、「あーんして」と言うと、ペッと吐き出すこともあります。医師に相談すると、「刻み食やとろみ食にすればいい」と言われますが、それは最後の手段。ちょっとぐらい吐いたっていいから、噛んで食べられるうちはちゃんとしたものを食べさせてあげたいのです。

今日もこれから焼き鳥屋さんに行きます。不自由な手でも自分で好きに食べられる焼き鳥は、主人の大のお気に入り。いかにもおいしそうに食べ、飲み、笑う姿を見るにつけ、専門家から見ればとんでもなかろうと、パパがハッピーに過ごせるのがいちばん。病状によって今後どう変わっていくかはわかりませんが、少なくとも今はこれでいいのだ、との思いを強くしています。

食べる楽しみを主人に味わってほしいから、外食の機会を設ける
右側は長男・武夫婦、左側は次男・新夫婦

病人を抱えて暮らすということ

携帯電話に入ったＳＯＳ

二〇〇一年に、十二指腸が破裂して死の縁から生還して以来、主人の体について私が心がけてきたのは、よくなることはなくてもこれ以上悪くならないよう、現状維持に努めることでした。

何しろ、いったん入院したら日常から切り離されてこのうえなく味気ない生活となり、食べる楽しみも飲む楽しみもなくなってしまうのです。ＱＯＬ（クオリティ・オブ・ライフ＝生活の質）をこれ以上下げないためにも、「パパ、入院だけはしないようにしようね」と、言い続けてきました。

そのために、リハビリに行って、食事ノートをつけて体調を管理しています。もちろん、糖尿や高血圧などの持病があるので、定期的な検査も欠かしません。おかげでここ数年は大過なく過ごしてこられましたが、それでもいつ何が起こるかわかりません。介護をする側としては、いっときも気を抜くことができない状態です。

じつは先日も仕事からの帰り道、あともう少しで家に着くというときに、私の携帯電話に切羽詰まった声で、こんな連絡が入りました。

「奥さん、急いで帰って来てください。旦那さんの様子がおかしいんです」

住み込みのお手伝いさんからでした。家の玄関を開けるなりリビングに飛んでいくと、そこには車椅子に座ったまま、だらんとして動かなくなってしまった主人が。「パパ、パパ」と呼びかけても反応がない。それで、お手伝いさんと二人がかりで隣の部屋のベッドに移したんですが、それでも亀の子のように丸まったままです。とにかく脳に刺激を与えなければと思い、両頬をパチパチ叩きながら、「パパ、わかるんだったら左手をあげて」と、呼びかけ続けました。すると、しばらくしてその手がすっと上がり、正気を取り戻したのです。

救急病棟で過ごした一夜

主人の場合、糖尿病の薬を飲んでいるので血糖値が下がりすぎると一過性の脳虚血症になる危険があります。もしかしたら、それが原因で意識不明になったのかもしれないと思い、このような行動をとったのですが、正解でした。

ただそれで事なきを得て、「救急車を呼ばずにすんだ」と喜んだのも束の間。後日、再び意識障害に陥りました。それもまた、私が不在のときに限って。まるで母親がいないと熱を出す子どものようで、「どうして、パパはいつもそうなの！」と文句の一つも言いたいくらいでした。

でも前回のこともあったので、お手伝いさんには「もしも私が家にいないときにパパに何かあって、三〇分以内に意識が戻らなかったら救急車を呼んで」と指示してあったのが幸いし、今度も大事には至らずにすみました。

そして私も連絡を受けて、仕事先から救急センターへ直行しました。それが夕方の六時半。検査をした結果どこにも異常はなく、点滴だけして「もう帰っていい」と言われたのが夜の十時でした。

さて、困ってしまったのはそこから。当たり前ですが、救急車は病院までは連れてきてくれるけれど、家には送ってくれません。健常者ならそれでもいいけれど、主人は車椅子の身。普段利用している介護タクシーもうこの時間ではチャーターできず、翌朝八時半以降でなければ無理だというのです。こうなるともうお手上げで、病院側にお願いをして、朝まで救急病棟に居させてもらうことになりました。しかも主人の場合、薬を飲ませたり、おむつを替えたりする必要があるので、結局私も付き添って、そこでひと晩を過ごしました。

深夜の救急病棟には喘息、盲腸、脳梗塞と、ひっきりなしに急患が運び込まれ、医師も看護士も休みなく飛び回っています。その一部始終が見られたのは貴重な体験でしたが、ホトホト疲れ果てました。そして、行きはよくても帰りの足の確保に困る救急車のお世話にはできるだけなるまいと、あらためて決心した次第です。

息子には事後報告で

そんな事の顚末を、息子たちにはあとで主人が元気になってから伝えました。

「そういえばこの間、パパが死にかけて大変だったのよ」と。

すると、「そういうときは、ちゃんと電話してよ」と言われましたが、息子たちにかけてもどうなるものでもありません。だから、「あなたたちに電話しても、死にかけてたら間に合わないでしょ？」と冗談っぽく切り返しましたが、主人のことで、いちいち子どもたちの手をわずらわせたくはありません。彼らには彼らの生活があるのですから。

私もいくつもの試練を超えてたくましくなったのか、ちょっとやそっとのことでは慌てなくなりました。介護を始めた頃と違い、病気との付き合い方がわかるようになったのも大きいのかもしれません。今は、「便秘が続くと腸閉塞になりやすい」「食が進まなかったときに糖尿病の薬を飲むと、低血糖になりやすい」といったことを細かく把握しているので、万が一容体がおかしくなっても、冷静に対処できるようになりました。そして、緊急時にどこに連絡したらいいのかを一覧表にして、それをお手伝いさんやヘルパーさんにもわかるような場所に置いてあります。

そうやって対策さえ講じておけば、主人は生命力がとても強い人なので、何があっても生き延びてくれる。最終的にはそう、信じています。「金婚式までは一緒にがんばろうね」。これも私が主人にいつも言っている言葉です。

自宅でも、よく写真を撮るようにしている

私が受けたい介護とは

大変さがわかるからこそ、子どもの世話にはなりたくない

いまや介護の問題は誰にとっても他人事ではありません。その体験を話してほしいと、講演やインタビューを依頼されることもたびたびあります。

そんななか、先日はある男性雑誌で、「あなたか、あるいはあなたのご主人が、認知症になったらどうしますか?」というテーマで取材を受けました。私の答えはいたって明快です。

「現実にもし今、夫が認知症になっても、介護施設には入れません。私が自宅で最後までみます。でも私がそうなったときには、どこかの施設に入れてもらってかまわない。息子にもそう言ってあります」

これが偽らざる私の介護観ですが、こういう話をすると、「自分が自宅で夫を介護しているように、息子さんたちにも介護してもらいたいとは思わないのですか?」と、訊かれることもあります。

でも、それは介護の実態を知らない人の言葉です。介護の大変さは生半可なものではありません。介護保険制度ができて経済的にはずいぶんラクになったとはいえ、それでもけっこうなお金がかかるし、一年三六五日休みなしですから、心身の負担も大きいのです。しかも、いつ終わりがくるかもわかりません。そんな大変なことを子どもたちにはもちろん、お嫁さんにもやらせたくはないのです。

だからといって、今、私が主人の介護をイヤイヤやっているかといえば、決してそうではありません。自分が犠牲になっているとも思わないし、義務感でやっているわけでもなく、ただただ、この人に一日でも長く生きていて欲しい。その思いで、心をこめてお世話をすることが、私の生きがいになっていることも事実です。

ただ、そうやって介護ができるのは、私たちが夫婦だからです。私は家族の基本単位は夫婦だと思っているし、これまでに共に歩んできた長い歴史もあります。だから、夫のことはとことん面倒をみようと思えます。それが親子となったら、まったく関係性が違ってきます。彼らには彼らの家族があって、生活があるのですから、それを大事にすることを最優先にして欲しいのです。

元気なうちに、自分の意思を伝えておくことが大切

周りの友人や知人の話を聞いても、私たち世代の人はそう考えている人は多いようです。とくに自分が夫や親の介護をしてきた人は、子どもや身内にはあの苦労はさせたくないと、口をそろえて言います。つまり私たちは、親の面倒をみる最後の世代で、子どもに面倒をみてもらえない最初の世代でもあるのです。

となれば、自分の身の振り方は自分で考えておかなければなりません。ピンピンコロリでいければそれにこしたことはないけれど、こればかりはなかなか自分の思いどおりにはなりません。だったら元気なうちに、介護が必要になったらどうしたいのかという意思を、子どもにはっきりと伝えておくべきだと、私は思うのです。そうすれば、いざというときにも「この人はこういう生き方なんだ」と、周りも戸惑わなくてすみます。

そんなわけで、「私が倒れたら、自宅介護では負担がかかるから、迷わずにどこ

かの施設に入れて。そのためのお金はちゃんと貯金しておきます」と息子たちには話していますが、「その代わりに、入れっぱなしにしないでね」とも、伝えてあります。

たとえ認知症になって何もわからなくなったとしても、自分らしくありたいと願う心や、楽しいことやうれしいことを感じる心は生きているというのが、私の考え。だから、「あなたはだあれ？」などと息子に言うようになったとしても、ちゃんと定期的に顔を出して、「僕はママが大好きだよ」と言って、手を握ってちょうだい。そして私が好きだったお花を持ってきて飾ったり、好きな音楽を流してちょうだいと。そうすればちゃんと心は通うはずだから、私は満足なんです。

今、現実に家族に要介護者を抱えていて、自宅ではみられずに施設のお世話になっていらっしゃる方もたくさんおられると思います。私たちの世代は、介護を他人の手に委ねることに罪悪感をもつかもしれませんが、そんなことはないんだと言いたい。私自身もかつて何もかも一人でやろうとして介護うつになりましたが、頑張りすぎて心を病んだり体を壊したりするくらいなら、施設に預けて体のケアはプロにまかせたほうがいいと思います。その代わり、心のケアは家族がしっかりしてあげるのです。そのほうが、介護するほうもされるほうもハッピーに過ごせるのではないでしょうか。

大切なのは心の絆。そのことを肝に銘じてこれからも主人の介護生活を支えていきたいし、私自身もそういう介護を受けたいと思っています。

介護のための住まいの工夫

介護の質を左右する福祉機具選び

主人が「要介護５」という最重度の認定を受けてから、八年目になりました。最初のうちは、「いい介護とはなんなのか」がわからずに右往左往しました。試行錯誤を続けるなかで私なりの結論は、とにかく主人ができるだけ、毎日を快適にハッピーに過ごせるようにしようということ。そのためには住まいの工夫も欠かせないと、いろいろな対策を講じています。

例えば寝具。ベッドを長時間使用する病人にとって、体に負担の少ない寝具選びはとても重要です。わが家では、手元のスイッチで背上げや脚上げができる介護ベッドを使っていますが、マットレスはこの八年で四回も替えました。最初は介護べ

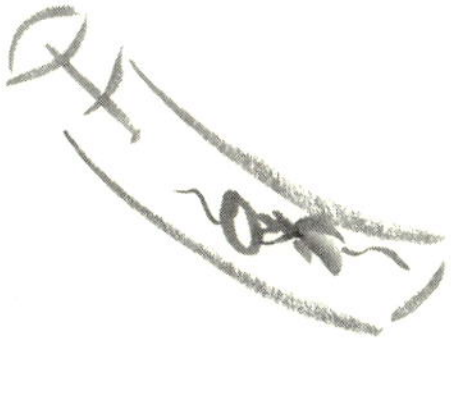

ッドについていたもので、それがとても固かったので違うものに替え、ジェルマットを経て、今は床ずれ防止ウレタンホームでできている、イノベーション社の「ナットーマットレス」を使用中。

以前に比べて寝ている時間が長くなり、一年ぐらい前から褥瘡《じょくそう》（床ずれのこと）の問題がでてきたのですが、このマットは褥瘡防止に優れています。それでも足のくるぶしのあたりに褥瘡ができてしまうので、小さな枕を三つぐらい使って、足の間にはさんで足と足がぶつからないようにしています。

それから最近は、介護用リフトも導入しました。これは吊り具を使用して体を持ち上げ、ベッドから車椅子への移乗を補助する機具です。以前はこういった機具を使わなくても自力で立ち上がる力があったのですが、今はそれもできなくなってしまい、とても私の力では主人を抱えて車椅子に座らせることはできません。でも、少しの時間でも起き上がれば気分も変わって、褥瘡の防止にもなります。そのためにも、ラクに移乗させられるリフトが必要なのです。

これら介護に関わる福祉機具は、車椅子以外、ベッドからマット、リフトに至るまで、すべて介護保険のレンタルサービスが利用できるので、経済的にもずいぶん助かっています。

寝ている人の立場に立って快適な空間づくりを

もちろん介護用品だけではなく、家のなかの環境にも気を配っています。空気が乾燥すると風邪をひきやすくなるので、冬は加湿器を使用。暖房もエアコンだけに頼るのではなく、扇風機型の遠赤外線の暖房機を併用して、足元が冷えないように配慮して。夏は逆に冷えすぎないように、一時間おきぐらいに冷房をつけたり消したりしてまめに温度調節して、家じゅうの窓に網戸を取りつけ、朝夕はできるだけ自然の風も入れるようにしています。

こうしたことは、週に五回来てもらっているヘルパーさんにもお願いしてやってもらっています。でも以前、二人交代で来ていたヘルパーさんの一人が急病になってしまい、新しいヘルパーさんが来たときに、主人の部屋に入ったらものすごく冷房が利いていたことがありました。それで「ずっと、この温度に設定していたの?」と訊いたところ、そうだと言うので、「あなたは忙しく動き回っているから暑いのでしょうけど、主人はそうじゃないのよ。自分を基準にするのではなく、寝ている人を基準にして考えてあげて」とお願いしました。

また病人は雑菌に対する抵抗力も弱っているので、いつも清潔な状態でいられるよう、朝晩二回は熱いタオルで体をふき、肌着も毎日洗濯します。排泄時にベッドを汚さないように防水シーツも五、六枚ストックしておき、少しでも汚れたら一日に何回でも取り替えます。

枕元にはラジオをセットしていて、好きな落語を聞いているときなどは、「うふふん」と笑っていますが、変化の少ない生活だから脳を刺激するような工夫も大切です。ベッドから起き上がったときに見える中庭には花を絶やさず、玄関から門へと抜ける細い路地の片隅には格子を取りつけてハンギングバスケットをかけて、病院やデイサービスの行き帰りに通るたび、季節を感じられるようにしています。

大切なのは一人で抱え込まないこと

わが家では、こんなふうに在宅介護をしていますが、病人にとって心地よく、なおかつ共倒れにならない介護を続けていくためには、「情報を得る」ことが何よりも大切だと、つくづく感じています。例えば介護リフト一つをとっても、こういう

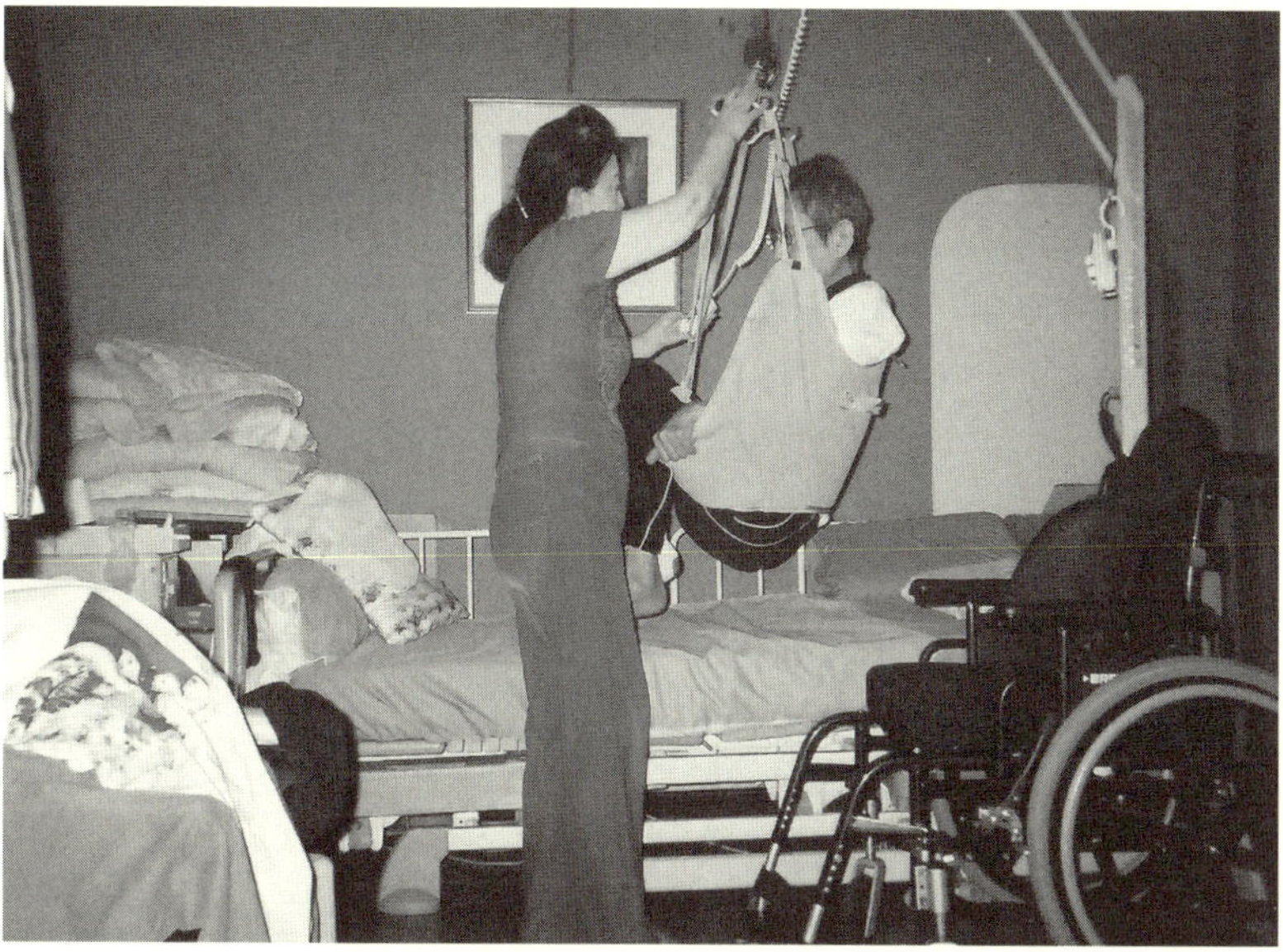

ベッドから車椅子へ移動する際に、最近利用しているのが介護リフト。
腰への負担も軽く、とても便利

ものがあると知らなければ、早晩、私自身が腰を痛めるか、寝かせきりになってしまったことでしょう。

ですから困ったことがあるときには、とにかく一人で抱え込まないこと。市の福祉課やケアマネージャーに相談すればいろいろ教えてくれるし、私の場合は週一回リハビリに来ていただいている理学療法士さんや訪問看護師さんなどからも、随時、最新の情報を提供してもらっています。

そうしてできる対策は万全に施して、あとは家族にしかできない細やかなケアに力を注ぎたい。介護状況は時々刻々と変わりますが、主人とともに過ごせるかけがえのない一日一日を、いかに二人で楽しく過ごすかをいつも心の真んなかに据えて、これからもわが家流の介護術に磨きをかけていきたいと思っています。

第三章

自分のリフレッシュも忘れない

息抜きのお稽古通い

月一回の一筆画でリフレッシュ

私が一筆画を習い始めたのは、女優仲間で親友の山本富士子さんから、「楽しいからぜひ、やりましょう」と誘われてのことでした。彼女のお宅に一光流家元直門教授の都築彩道《つづきさいどう》先生をお招きし、二人だけでスタートさせたのが最初です。その後主人が病に倒れ、私もうつ病になって習いごとどころではなくなり、長い間中断していましたが、再開しました。

主人の在宅介護が始まって間もない頃は、「妻として頑張らなければ」「私がやらなくてどうする」と、家のなかにこもりきりになっていました。そうして睡眠時間以外は自分の時間をもたず、夫中心の生活を続けた果てが、うつ病でした。そのと

きの反省から、無理をしてでもやることを見つけて、息抜きをする機会をつくらなければと思うようになり、最初にチャレンジしたのが水泳です。それがとてもいい気分転換になり、うつ病からの回復に弾みがついたので、好きだった一筆画ももう一度やってみよう、という気になったのです。

そのときには彩道先生は東京のホテルでお教室をもっていらしたので、そちらに場所を移し、一人では寂しいからと新しくできた地元のお友だち三人を誘い、以来、月一回のお稽古に欠かさず通っています。

一筆画の楽しみ

一筆画は日本画材料の顔彩絵の具を使って、和紙に下書きなしで、文字どおり一気に描き上げるものです。絵の具は水性なので、筆に含ませる水の量と絵の具の量によって、にじみ具合やかすれ具合などが微妙に変わります。また、途中で絵の具を足してはいけないので、力の入れ加減も難しい。でも、下手は下手なりに味がでるし、彩道先生のあたたかくチャーミングなお人柄にも助けられて、のびのびと楽しみながら続けてこられました。

「継続は力なり」といいますが、お手本どおりに同じものを同じように描いたつもりでも、最初の頃と今とでは全然できが違います。筆使い一つをとっても奥が深くて、だからこそ飽きないし、自分の思うように描けたときは、じつに爽快な気分。絵にするのは主に四季折々の風物ですが、春の桜に始まって、梅雨の時季はあじさい、夏はホタル、秋は栗などと、作品をとおして季節を感じられるところも魅力です。

しかも、それを箸袋にすれば食卓の彩りとなり、「心ばかり」の文字を添えてのし紙にして贈り物にかければ、皆さんにも喜んでいただけます。週一回のボイストレーニングの先生への月謝の袋などにも毎回描き添えていますが、一枚一分とかからずにサラッと描けるのが、時間の余裕がない私にとってはありがたいのです。日々の生活のなかで、お礼の気持ちや感謝の心を表わすのに、とても役立っています。

それに加えて、お教室に通う間の往復の三時間、電車に乗りながら、お友だちとおしゃべりするのも楽しいひとときです。同世代だからわかり合えることも多く、グチを聞いてもらうだけでも心が軽くなり、各家庭ごとに抱えている苦労話に慰め

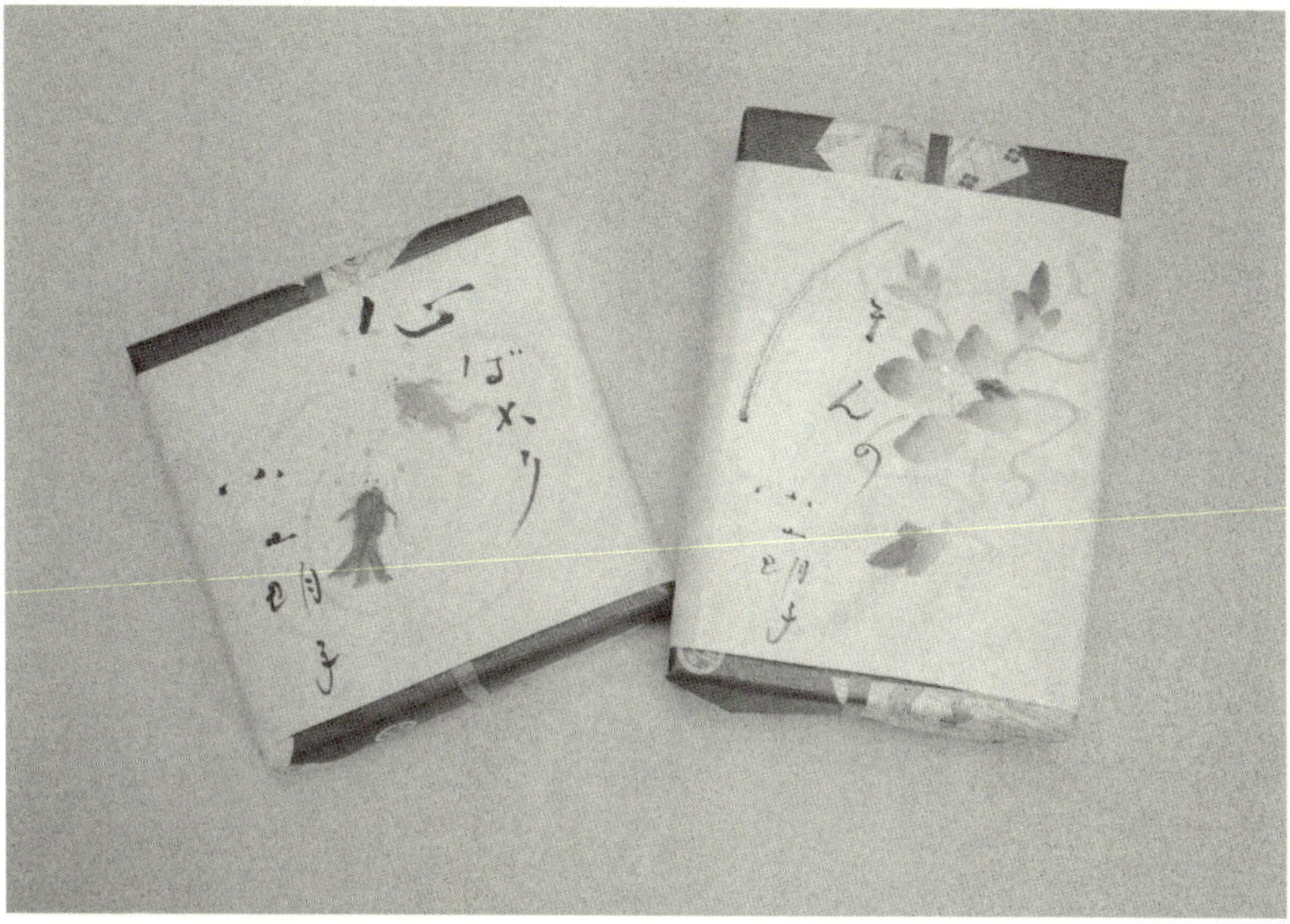

贈り物に一筆画と「ほんの心ばかり」の文字をそえて

られ励まされもしています。女優をしていたときには機会のなかった、そういう主婦の世間話ができるようになったことで、私の世界は広がりました。お稽古場では富士子さんと机を並べて描いていますが、終わったあとはお茶をしたり、お食事をしたり。そうしてリフレッシュしてきたあとは気持ちにも余裕が生まれ、主人にわがままを言われても優しく接することができるようになりました。

自分もハッピーに過ごしたい

そんなわけで一筆画のお稽古は、私にとっていまやかけがえのない時間となっていますが、二〇〇七年夏はさらにうれしい出来事がありました。

知人のプロデューサーの方に声をかけていただき、七月には、東京・渋谷の三木武夫記念館で、書をやられる河野《こうの》墨沁《ぼくしん》さんと私の一筆画で「二人展」を催したのです。これまでも毎年、お教室で開かれる一筆画作品展には生徒の一人として参加していましたが、自分の描いたものをこういう形でたくさんの方に見ていただくのは初めてのことです。ちょっぴり気恥ずかしくも、いい思い出となりました。また八月初めにはホテルオークラで一筆画教室の展示会が行なわれ、生徒の皆さんが木の

東京・ホテルオークラ別館で開催された一筆画教室の作品展

うちわに一筆画を描いた作品を展示しました。私はすすきとお月さまの絵。彩道先生のデモンストレーションも大盛況でした。また、この年の八月下旬には政治、経済、文化などの各分野で活躍する人たちが出展する絵画展「政経文化画人展」に「竹」という作品を出したところ、芸術議員連盟奨励賞を受賞。思いがけないご褒美をいただいたようで、さっそく主人にも報告したところ、ニコニコしながら聞いてくれ、その笑顔がうれしくて、とてもしあわせな気分になれました。

「介護に追われていると、とても趣味を楽しむ時間も、心の余裕もない」という方も多いと思いますが、介護する側がストレスや疲れをため込んで鬱々《うつうつ》と毎日を送っていたら、つい相手にも刺々《とげとげ》しくなり、いい介護はできません。私は一筆画という いい趣味に出合えたことによって、日々の生活に潤いや喜びが生まれました。短い時間でもいいから息抜きの場をもつことは、心の健康を保つためには欠かせません。そうして私が元気でハッピーでいれば、介護を苦にせず続けていくことができるし、相手が本当に望む介護をしてあげられるようにもなると、実感しています。

寂聴さんの『源氏物語』朗読舞台に出演

見て、聞いて、感じる『源氏物語』

最近は朗読ブームですが、その火付け役ともいわれているのが、瀬《せ》戸《と》内《うち》寂聴《じゃくちょう》さん訳の『源氏物語』の朗読です。

二〇〇〇年から毎年、東京・銀座の博品館劇場で行なわれてきたこの朗読公演は、一千年の時空を超えて生き続ける『源氏物語』を、見て、聞いて、感じてもらおうと、瀬戸内さんの美しい現代語訳を、舞台装置や音楽、照明にも凝った舞台の上で読むという、画期的な試みです。

瀬戸内さん自身、かつて『源氏物語』の原文全五四帖を音読され、現代語訳をするさいには、スタッフたちに必ず読ませて、読みにくいところは読みやすいように

書き直されてきたそうです。そんな経験から、声に出して読むことのよさを多くの人に知ってもらいたいと思われたのでしょう。単なる朗読にとどまらぬ「朗読劇」ともいえる凝った演出が毎回大好評で、実力派の女優さんたちに混じって、私も読み手の一人として参加させてもらっています。

主人が倒れてから女優業を休んで介護に専心していた私は、この仕事で約一〇年ぶりに舞台に立ちました。朗読は未知の体験だし、一時間ずっと一人で語り続けなければならない。だからお話をいただいたときはうれしさの半面、これだけ長いブランクがあってはたして声が出るだろうか、との不安も大きかったのです。でも、そのときに思い出したのは主人の言葉。かつて彼はいつも、「大丈夫、君ならできる」と背中を押してくれました。それでチャレンジしてみようと決めたのです。

全力投球で臨んだ公演

それから大慌てで源氏五四帖を読み、私が朗読することになったのは「明石」の帖。帝からお咎《とが》めを受けて、須磨《すま》、そして明石《あかし》にと隠退した源氏の君が、失意のなかで出会った姫。しかし田舎育ちの姫は、身分の低い自分は源氏の君にはふさわしくないと、頑《かたくな》に心を開かない。源氏は都にいる紫の上に対する良心の呵責《かしゃく》に苛《さいな》まれながらも明石の君に徐々に惹かれていく。彼女には都の姫君にも負けぬ、気品と美貌、教養があった。やがて彼女は子を宿すが、源氏は都に戻ることとなり……。

私のなかに優しく、つつましやかな姫君のイメージができ上がっていきました。瀬戸内さんには「貞淑で聡明なあなたにぴったりの役柄。そのまま〝地〟でいってくれればいいのよ」と言われましたが、とんでもない。たった一回限りの公演でしたが、やるからにはお客様も自分も納得できるものにしたいと、一〇か月間ボイストレーニングに通い、家では朝晩、大きな声を張り上げて読む練習もしました。公演の日の朝に、「パパにも聞いてもらえたらいいのに」と言ったら、「もう明石は十分聞いた」と言われてしまったくらいですから。

そうして万全の準備を整えて、この日のためにと新調した着物で立った舞台。久々にスポットライトを浴びる高揚感。そして朗読を終えると、満席の会場からはあたたかい拍手。一つのことを成し遂げた達成感に酔いしれました。

当日はたくさんの友人やファンの方たちも来てくださり、長年の友人である作家の澤地久枝さんからは、「すごくよかったわよ。あなた女優に本当に未練はないの？」とのお褒めの言葉もいただきました。そう言ってもらえるのは女優冥利に尽きるけど、私の答は明快でした。

「私は舞台に立って脚光を浴びている自分も好きだけど、家にいて髪振り乱して主人の世話をしている自分も好きなの。でも、どっちが大事と聞かれたら、やっぱり主人が大事。だから、未練はありません」

その言葉どおり、翌日は主人の車椅子を押して病院へ。またいつもの日常が戻ってきたのです。

時空を超えた王朝絵巻の世界へ

うれしいことにそれから毎年、この朗読公演にお声をかけていただけるようになりました。

私にとっては、介護と両立できる貴重な仕事です。しかも朗読というのは、活字を声に出して読むことによってその活字が立体感を帯び、いろんな想像力が広がっていくんですね。男女の心の機微はもちろん、誰とは名のらなくてもそこはかとなく漂う香りで察するなんてなんと奥ゆかしいことか、当時の文化や生活にまで思い

瀬戸内寂聴さんと朗読公演の打ち合わせ
2005年、東京・銀座博品館劇場にて

が到ります。そういう朗読の面白さ、奥深さにもすっかり目覚め、もちろん喜んでお引き受けし、二〇〇八年は「夕顔」を読んでみたいとお願いし、初挑戦することになりました。

明石の君にしてもそうなのですが、どうも私は絢爛豪華な都のお姫様よりも野に咲く花のような女性に惹かれるようです。夕顔も市井にまぎれて暮らしているお姫様で、清楚なイメージです。そして皆さんを時空を超えた魅力的な王朝絵巻の世界へご案内するお手伝いが少しでもできれば、この上ない喜びです。

私の美容・健康法

このままではいけない！

テレビなどを見ていて、自分と同年代の方でエッ!? と思うほど老《ふ》けている人がいると、がっかりしてしまうこと、ありませんか？

人の見かけの年齢というのは、若い頃はほぼ横一線。でも還暦をすぎる頃から、すごく個人差がでてくるように思います。

私も今でこそ、皆さんが「若々しい」と言ってくださるので、実年齢マイナス十歳ぐらいには見えるのかも、とひそかに思っていますが、主人が倒れたあとうつになったときには、自分でもびっくりするくらい老けました。当時私は六十四歳でしたが、ある日ふと鏡に映った姿を見たら、そこには見知らぬ八十歳のおばあさんが

いるのかと思ったほどです。

それもそのはず。あの頃は、自分のことにかまう余裕などなく、顔も髪も洗いっぱなし。化粧水もつけず、染めることを忘れた髪は真っ白でボサボサ。そういう何年かを過ごしたので、手入れをしないということはこうなるのかという、見本のような顔になっていました。

しかし幸いにして、今の私はかつての私ではありません。それは、「このままではダメだ。自分自身をなんとかしなくては」と気づいたからです。それから自分を変えようと、髪を染めたり、エステに行ったり、体力づくりのためにスイミングスクールにも通うようになりました。

日常で気をつけていること

そんな私が今、どんな美容・健康法を実践しているかといえば、まず美容法としては、私はあまりクリームが好きではないので、毎日お風呂上がりなどには化粧水をたっぷりつけてペタペタとやるのが基本です。それも、顔だけではなく首にもです。首というのはいちばん年齢がでるところなので、若い頃から首には絶対しわを入れないようにしようと、枕は低いものを使い、顔に化粧水をつけたら首にもつけるし、パックをしたら首にもするといったように、ことさら気を遣ってきました。

また紫外線は美容の大敵ですから、なるべく陽に当たらないようにと、外出時には大きな帽子も欠かしません。さらには、月に二回のエステ通いと、血液の循環をよくするために自由ケ丘のリンパマッサージへ出かけ、リフレッシュをはかっています。

健康法としては、週に一度、スイミングスクールに通っています。六十四歳で始めた頃は一〇メートルでアップアップだったのが、今は七〇〇とか八〇〇メートルを平気で泳ぐようになったのですから、それだけ体力がついたということでしょう。おかげで風邪もひきにくくなりました。また、ボイストレーニングにも通っていますが、お腹の底から大きな声を出すとストレスも発散されるので、これも健康につながっているのかなと思います。

それから毎日の生活のなかでは、なるべく歩くようにしています。車よりも電車を使い、買い物にも歩いていく。歩くことはいちばん手軽にできる健康法だし、車中心の生活では見過ごしていた風景や季節感などを、身近に感じることができるという楽しみもあります。

食事に関しては、主人のために少しでも体にいいものをと、カロリーも計算しながら献立を考えているので、それが私のためにもなっています。おまけに私はご飯党なので、朝一膳、夜もしっかり一膳食べます。これが元気の素。しかもお酒は飲みませんから、健康に悪いことは何もしていないのです。

あとは年に二回、人間ドックで健康チェックを受けています。これはもう三〇年来のことですが、「予防に勝る治療はない」ともいいますから、なんでも早期発見が大切。人間ドックも連続して受診すると年ごとの変化がわかるので、体重が増えていたり、コレステロール値が上がっていれば、自分でも気をつけようと思うもの。いわば「安心料」でもあるのです。

いちばん大切なのは心の健康

ただ美容法にせよ、健康法にせよ、こんなふうにあれこれ気をつけようと思えるのも、心が健康であってこそです。そういう意味では私は今、とても心が元気で、考え方も前向きだから、若さを保てているのだと思います。

ずっと続けているボイストレーニング。
ピアノを弾いているのはボイストレーニングの先生・田中一正さん

介護のことにしても病人を丸抱えですが、じゃあ私の人生は主人を看るだけでずっとこのままなの？　などと思ったら、こんなに情けないことはありません。でも私は、いつもいろんなことにアンテナを張って、どうすれば楽しく生きられるか常日頃から考え、そしてチャレンジしているのです。

例えば、主人がベッドにいる時間が長くなってきているので、背骨が痛いと言う。じゃあ、どうすればいいのかといろいろ調べて、介護用のジェルマットを入れたところ、まっすぐに寝られるようになりました。私も一緒に寝かせてもらうんですが、あらパパ、ふかふかのマットでいいわね、背骨も痛くなくていいわねと共に喜んでいます。

たとえ状況は大変であっても、嘆くのではなく、もっといいことがあるかもしれないと、あれこれ工夫をする。とにかく主人を入院させずに、どんなことがあっても在宅で看ようというのが今の私の目標。だから毎日が充実もしているし、生きる張り合いもあります。

何ごとも、もうダメだと思ってあきらめたらそこまでです。人間はいくつになっても心がけ次第で変われるし、決してあきらめないことが大切なのだと思います。

怖がらずになんでもチャレンジ！

占いで、「チャレンジすると運が開ける」と言われて……

女の人は占い好きとよく言われますが、私もその一人。水瓶座の私の場合、二〇〇九年は一二年に一度巡ってくるいい年で、ラッキーカラーは赤。自分が今までやらなかったことにチャレンジすると運が開ける、とありました。

そこでさっそく実行したのが、身の回りのものを赤で統一すること。赤いバッグに、赤い財布に、赤い靴。足にも赤のペディキュアを塗ってみました。それから何か変わったことをやろうと思っていたときに、たまたま俳優協会から講談講座の案内が届き、これは面白そうだと飛びつきました。

釈台と呼ばれる小さな机の前に座り、パパン、パン、パン、パンと張り扇で机を

叩きながら、独特のしゃべり調子で物語を読み上げる講談は、日本の伝統芸能の一つです。近年は朗読の仕事もしている私ですが、同じ「読む」といってもまったく違った未知のジャンル。講座では短いお手本を与えられ、それをみんなで練習したのですが、講師で女流講談師の神田《かんだ》紅《くれない》さんのチャーミングな人柄にも魅せられて、たちまち夢中になりました。早口でテンポよくしゃべるというところが私の性格にも合っていたようで、いつかはこれをものにして、人が集まったときに一席披露してみたいと思うくらい、楽しい時間が過ごせました。

チャレンジする楽しさを知るとクセになる

こんなふうに私は、機会があれば新しいことを何かやりたいといつも思っています。でも今でこそ何ごとにも積極的ですが、昔はどちらかといえば引っ込み思案でした。自分で自分を枠に閉じ込めて、やる前から「できない」とか「無理」と、決めつけてしまうようなところがありました。

そんな私を変えてくれたのは、主人です。忘れもしないのは、四十代の頃。仕事と家庭の両立について話して欲しいと初めての講演依頼が舞い込んだとき、人前でしゃべるなんて絶対無理だと断ろうとしたら、「君は僕を相手に毎日一時間も二時間もしゃべっているじゃないか。そのつもりでしゃべればできるよ」と、笑いながら背中を押してくれました。エッセイの執筆を頼まれて、ためらっていたときもそう。「君は手紙を書くのが好きなんだから、大丈夫、できる」と。

それまで自分には女優しかできないと思っていたのが、尊敬する主人からそう言われ、勇気を出して新たな一歩を踏み出してみたら、いろんな発見があって、世界も広がりました。そうした経験が重なって、チャレンジすることの楽しさに目覚めたように思います。

しかも今の私は、介護にどっぷりと浸っていて、主人の毎日の体調など、日常的にハラハラすることの連続です。つい先日も、夕食にシュウマイを出したところ、喉につまりそうになって、あわてて指を入れて取り出すというハプニングがあったばかり。いつもは一個を四等分しているのですが、小さいものだから大丈夫だろうと、半分に切って食べさせたのが失敗でした。こんなふうにちょっとした油断も大敵です。二四時間、目の離せない人と暮らしているからこそ、自分の世界とまったく違うものに触れたい、という気持ちも強いのかもしれません。

年を取っても、気持ちはいつも前向きに

講演などに行くと、「小山さんの話を聞いて元気がでました」とよく言われますが、それは介護のなかにあっても、私が毎日を楽しく、元気に過ごしているからだと思います。その元気の素が、チャレンジ。新しいことをしたり、新しいものに出合ったりすると、ワクワク、ドキドキするものです。それは年齢には関係ありません。私でも、この年ではじめて知ったわ、ということもいっぱいあります。

だから今回の講談体験に限らず、日常のなかでも、私はできるだけそういう機会をつくろうと心がけています。例えば料理一つにしても、新しい味と出合うために、おいしそうなレシピを見つけたらすぐに試してみますし、庭のお花も配色やレイアウトを考えながら、季節ごとに植え替えています。忙しくても時間をうまくやりくりすれば、できることはいろいろあるのです。

「青春とは人生のある期間を言うのではなく、心の様相を言うのだ。（中略）年を重ねただけでは人は老いない。理想を失うときに初めて老いが来る」

これは私が大好きな、サミュエル・ウルマンの「青春」という詩の一節ですが、

講談のお稽古中。左は講談師の神田紅さん

年は誰でも取るけれど、その取り方が違う。同じ六十歳でも七十歳でも、その人の物事への考え方や取り組み方で、生き方も変わってくるのではないでしょうか。もちろん年を取ると段々とできないことも増えてくるし、私も足が痛いとか年相応にいろいろあります。でも、人生はいつも晴れてさわやかな日ばかりではなく、曇りの日もあれば、雨や嵐の日もあります。それでも乗り越えていかなければならないのですから、気持ちだけはいつも前向きでいたい。

いつも、新たなチャレンジを楽しみたいと思っています。

山本富士子さんとのお付き合い

女優の枠を超えた親友と呼べる人

私が山本富士子さんと知り合ってから、もう二十数年になります。日本画家の上村《うえむら》松園《しょうえん》の生涯を描いた「序の舞」という舞台で共演したのが最初の出会いで、私は、座長で主演の富士子さんの母親役で出演しました。そこですっかり意気投合して、次の正月公演では叔母役をしたり、その後も次々と彼女の舞台に呼んでもらえて、気がつけば女優仲間という枠を超え、親友と呼べる間柄になっていました。

同じ女優であっても、富士子さんはずっと主役の看板をはり続けてきた、押しも押されぬ大女優。正統派のスターです。一方の私はといえば、母親役から汚れ役までなんでもやるタイプ。結婚してほどなく、主人は映画製作のために独立プロダクションを設立したものの、三年間はほとんど仕事がありませんでした。夫が無収入であれば妻である私が稼ぐしかなく、仕事をより好みしている余裕などなかったのです。しかも、映画の資金集めから撮影中のスタッフのご飯づくりまで引き受けたおかげで、女優然としていることすらできませんでした。

また、性格的にも几帳面で完璧主義者の富士子さんに対して、私はいい加減でずっこけキャラクターの三枚目。ある意味、まったく正反対の二人なのですが、話をしてみると、育児をお義母さんに頼りながらも仕事と家庭を両立させてきたところや、子どもに対するしつけや教育方針など、家庭環境や考え方がすごく似ていたのです。だからわかり合えることも多く、心を許せたのだと思います。

おまけに、うちは映画監督ですが、富士子さんのご主人は音楽家の山本丈晴《やまもとたけはる》さん。互いに夫が芸術家というところも共通していました。私はどんなときでも「パパがいちばん大事！」を貫いてきましたが、山本夫妻もとても仲がいい。舞台が始まる前に彼女の楽屋で二人でお茶を飲みながらおしゃべりをしていても、いつもご主人の話になるんです。私も私で「うちの大島がね」とやるものだから、「結局私たちって、ダンナのことをのろけてるのよね」と、笑って終わるのが常でした。

介護生活にあって知る女友だちのありがたさ

それまでの私は、仕事が終わったらどこにも寄らず、まっすぐに家族の待つわが家に急いで帰っていたので、女友だちはいてもさらりとした付き合い。心の奥まで見せることはありませんでした。悩みごとがあっても、主人がなんでも聞いてくれたから、とくに女友だちの必要性を感じていなかったともいえます。そんな私にとって、富士子さんは芸能界でできた、仕事のことでもプライベートのことでもなんでも話せる唯一のよき友となりました。

芯が強く家庭的で、尊敬できるところもたくさんありながら、おちゃめな一面も併せもつ彼女とは、一緒にいると本当に楽しいのです。主人が元気な頃は、家族ぐるみでお付き合いをさせていただきましたし、長男が結婚するときには仲人もお願いしたくらいです。また、わが家が大変な時期には、精神的にずいぶん助けてもらいました。

主人が出張先のロンドンで脳出血で倒れたときには、夫の身を案じて日本で悶々としていた私に、「明子さん、仕事のことなんてどうでもいいわ。ぜったいにロンドンに行くべきよ」と、助言してくれたのも彼女でした。結局、事務所から止められて駆けつけることはできなかったけれど、心の底から案じてくれている気持ちがひしひしと伝わってきて、本当にありがたかったことを覚えています。また、うつ病で家に閉じこもっていた間、彼女が頻繁にかけてきてくれる電話に、どんなに慰められ、励まされたことか。

今も、「明子さんは大島さんの介護で大変な思いをしているのだから、たまにはおいしいものでも食べに行きましょう」と、食事に誘ってくださいます。そうしてごちそうに舌鼓を打ちながら富士子さんにいろんな話を聞いてもらったり、また聞いたりしながら過ごすひとときは、絶好のリフレッシュタイムになっています。もう互いに孫のいる身ですし、お互いの家族の健康についての情報交換をしたりすることもあり、話は尽きません。

私は五人きょうだいの末っ子で、上は四人とも兄。母は早くに亡くなりましたし、兄嫁には遠慮があります。娘がいればよき相談相手になってくれたのかもしれませんが、子どもは二人とも男。だから主人が倒れたときに自分のつらさや不安を

山本富士子さんとは家族ぐるみのお付き合い

打ち明けたり、グチを聞いてもらえるような人は周りにいなかった。そういう意味でも、富士子さんの存在はとても大きかったのです。

共倒れしない介護の秘訣は「一人で抱え込まないこと」とよく言われますが、「一人」とは物理的な意味だけではなく、精神的なこともあるのです。介護をしている人が孤独感に陥らないためには、周囲の支えが必要です。よき女友だちの存在もその大切な要素の一つで、彼女のような人と出会えたことに感謝をするとともに、そのありがたさがあらためて胸にしみ入る今日この頃です。

第四章

家族の絆が支えてくれる

家族のイベントでメリハリを

二四時間限定の家族旅行

私には四人の孫がいますが、主人が倒れてからは、みんなでご飯を食べに行くことくらいはできても、泊まりがけでどこかに遊びに行くことは、なかなかできなくなってしまいました。でも孫たちにも、楽しい思い出をつくってあげたい。そう思って先日、長男、二男の二家族といっしょに、一泊二日でディズニーランドに行ってきました。

息子たち家族は朝からディズニーランドで遊び、夕方五時に宿泊先のホテルで待ち合わせました。翌日のお昼までいっしょに遊ぶという、現地集合・現地解散の小旅行。わが家では毎日、三時のティータイムの時間を大事にしていて、それが一日のなかで主人の数少ない楽しみの一つです。このスケジュールであれば、三時をいっしょにしてから出かけ、次の日の三時までには帰って来られるから、主人がお留守番でもそんなに寂しい思いをさせなくてすむ、と考えたのです。

総勢九名が揃い、夕食はホテルのバイキングで。「せっかくの機会だから、ふだん家では食べられないものをとってくるのよ」と言っても、子どもたちは聞く耳もたず。上の男の子はカレーライスを二皿とってきて、それで終わり。小さい子たちもスパゲティとかばかりもってきます。「まったくもう！」などと言いながら、一同大笑いで食事をしたあとは一部屋に集まってトランプに興じたり。高校生の孫は、家庭科の授業で介護体験学習をした、という話もしてくれました。普段から、体の不自由な祖父を見ている彼なりに、きっと感じるところがあったのだと思います。

翌日はホテルのプールへ。水泳教室に通っている私は得意の平泳ぎで、息子に二五メートル競争を挑みました。「ママ、無理だよ。僕は昔、水泳の選手だったんだから」と彼は言いましたが、それでもいいからやろうということになりました。結果は、五メートルの差をつけられて私の負け。次は高校生の孫とも競争しましたが、今度は私が一メートルの差で勝ちました。息子たちには「ママ、すごい根性だね」と呆れられましたが、次こそは息子にリベンジをと、心に誓った次第です。

その後お昼をいっしょに食べて解散し、私は一目散に主人の待つわが家へ帰りました。この間、家には四度電話をして、「いま着きました」「おやすみなさい」「おはよう」「これから帰ります」と逐次連絡を入れました。これを怠ると主人は途端に機嫌が悪くなるので、外出時はどこにいても頻繁に電話を入れる、というのがすっかり習慣となっています。

誕生日には家族そろって

こうして、二四時間の慌ただしくも楽しかった家族旅行が終わった翌週は、主人のお誕生会。鵠沼《くげぬま》海岸のフレンチ・レストランに、再び家族が集まりました。

車椅子の主人を店まで連れていくのは大変ですが、いつも家のなかばかりではつまらない。車椅子のまま乗れる専用の送迎車を利用して、入り口の段差だって息子たちに手伝ってもらえばクリアできます。あとは、店内でも車椅子を使える店を探して、予約のときに事情を説明して、「落ち着いてすわっていられてトイレに立ちやすいところを」とお願いしたりしています。

外でおいしいものを食べるのが、とても好きだった主人。単調になりがちな毎日の生活にメリハリをつけるためにも、たまには外食の機会を設けてあげたい。だから、家族の誕生日や記念日のたびに、みんなで外食するのがわが家のルールです。そのイベントの日を、主人が心待ちにするようにもっていくのも私の役目。ディズニーランドから帰ってきた日も、「来週はパパの晴れ舞台ね」と話しかけ、カウントダウンのごとく、「あと何日ね」「お料理は何が出てくるかしら?」などと声をかけます。そうすると、毎日楽しい気分でいられます。

当日はケーキも用意して、ハッピー・バースデーを歌ったり、息子たちはもちろん、孫たちも絵を描いて「じいじ」にプレゼント。パーティをいっしょに盛り上げてくれました。主人は終始ご機嫌で、シャンパンにワインまでいただき、楽しいひとときを過ごしました。

考えてみると、かつては忙しさもあって、家族全員が顔をそろえるのはお盆とお正月だけでした。でも今は、色んな家族のイベントで集まります。しかも息子たちは昔と変わらず、今も主人をちゃんと家長として立て、愛と尊敬を寄せてくれています。ああ、家族ってありがたいなあと、つくづく思います。

主人の体の自由がきかなくなったことで、できなくなったことを数えればきりがありません。でも、それよりも、今できる範囲内で少しでも毎日を楽しく過ごしたい、と私は思っています。たとえ平凡でも、小さなことでもいいから、しあわせだと感じられる瞬間をいかに増やしていくか——。家族のイベントもその一つですが、それが私たちの今の生きるテーマでもあるのです。

ディズニーランドの翌週は、主人のお誕生会。
大好きなお酒を愉しんで笑顔の主人

息子たちのこと

子育ては「ごく普通」を心がけて

　主人と私は二十八歳と二十五歳で夫婦となり、結婚三年目に長男を出産しました。当時、主人は松竹と対立し、退社して独立プロダクションを設立したものの、仕事を干されてしまい無収入。そのため私が女優業で家計を支えなければならず、妊娠九か月まで仕事をし、産後は一か月で復帰したのです。その六年後、次男を産んだときも同様でした。

　そんなこともあって実質的な子育ては、同居する義母にまかせきり。だからあまり偉そうなことは言えないのですが、できる限り、普通の家庭と変わらない暮らしをすることを、とりわけ心がけてきました。

それというのも、親の名前を利用してなんとかしようという子にはなって欲しくなかったので、私たちの仕事には興味をもたせないようにしようというのが、わが家の教育方針でした。また将来独立したら、自分の収入の範囲内で生活をしていかなければならないわけですから、そのときになって困らないよう、正しい金銭感覚や経済観念を身につけさせることも重要だと思っていたからです。

そのために、私は仕事が終わるやいなや飛んで帰ってきてお母さんをし、家には決して女優業をもち込みませんでした。主人も主人で、お酒を飲んで夜中の二時、三時に帰ってきても、朝食は必ず家族そろって食べる、を実践。そうして「忘れ物はない？　車に気をつけて行くのよ」と言って、子どもたちを送り出すのが毎朝の日課でした。もっとも、根が大雑把な私のこと。「おばあちゃんの注意は『今日は体育があるから体操着を忘れないように』と具体的だけど、ママは『忘れ物をしないように』って口先だけだね」などと、子どもにダメ母ぶりを指摘されることもありましたが、それでも私が行き届かない分、義母が厳しくしつけてくれ、お金のこともおこづかい制できっちり管理してくれました。おかげで、礼儀正しく、きわめて常識的な感覚をもった子に育ってくれたと思います。

とくに経済的にはしっかりして、二人とも大学に入ってからは自分のおこづかいはアルバイトで稼ぎました。またいまだかつて、お金の無心をされたこともありません。あるとき、そのことを子どもに向かってほめたら、「ママ、大学まで行かせてもらって、親にこづかいをくれと言っている友だちは一人もいないよ」と、さらりと言われました。

夫への尊敬は変わらない

長男は堅実派で優等生。でもやさしいのは次男のほうと、兄弟でも性格は違いますが、独立精神が旺盛なところは一緒です。就職にしても結婚にしても、親にはいっさい相談せずに全部、自分たちで決めてきました。大島渚の息子という名を背負いながらも、自分は自分で認められたいという気持ちが強かったのでしょう。だからうまくいったのだと思いますが、大学卒業後、長男は会社勤め、海外留学、塾講師を経て大学の先生に。次男はテレビ局のディレクターを経て、フリーとなり、映画監督デビューをし、それぞれに自分の夢を叶えました。

私自身は子どもにどんな職業に就いてほしいとか、そういう望みはいっさいなく、ただいいお嫁さんをもらって、自分の家族を大事にしてくれればいい、とだけ願ってきました。それがいちばんの親孝行だと。それでも今回、次男の映画でエンドロールの最後に「監督・大島新」と出たときには涙が出ました。それは以前に、長男が大学教員の教え方上手コンテストで最優秀賞を受賞したのと同じぐらい、うれしい出来事でした。

子どもがそうやって何か素晴らしいことをしたときには、私は電報を打つことにしています。「おめでとう」の言葉とともにちゃんと感想も書いて。親子の間でも、いいところはちゃんと認めてほめるのは大事なことだし、いくつになろうと、それは子どもにとって、励みになると思うからです。

ただ、彼らは彼らの世代でよく頑張っていて、自慢の息子たちでもありますが、私があまりにも夫を尊敬しているために、ついつい彼らの前では夫と比べてしまうことも多いのです。何しろ主人が最初に映画を撮ったのは、二十七歳のときです。その年齢で、自分で脚本を書いて、五〇人のスタッフをまとめて監督をするなんて、よほどの才能がなければできることではありません。

あるとき、長男に聞いたことがあります。

「ねえ、あなたは二十七歳のとき、何をしていた?」

「コピーをとっていた」と答えた彼に、「ほうら、やっぱりそうでしょ」と。

そうやって私が何かにつけては、「パパは、いくつのときにはこんなことをしていた」と比較するものだから、息子たちはイヤがるのですが、どうひいき目に見ても、格が違うんだから仕方ありません。だから、彼らにはかわいそうな面もあるんですが、それでも主人が生きている限り私は、「パパは偉い」「あなたたちは父親を超えることはできない」と、息子たちに言い続けると思います。そうやって、自分の夫を敬う姿を子どもに見せるのも、大切な教育だとも思うのです。

でも、もしも、もしも主人がいなくなってしまったとしたら……。そのときは「あなたたちは偉い」と言ってあげようかな、そんなふうに考えています。

右が長男の武、左が次男の新。
それぞれの子どもを抱いて

孫との付き合い方

息子の家にお泊まり

私には長男、次男夫妻に二人ずつ、計四人の孫がいます。そして二〇一〇年春は、長男のところの上の男の子が、一浪ののちに大学に合格。次男の下の女の子は小学校に入学と、二つのお祝いが重なりました。

「ママはどっちの入学式に行くの？」と息子たちが訊くので、私は迷わず、「小学校！」と答えました。上の三人の孫のときも行きましたし、なんといっても、小学校の入学式の様子はかわいらしく、微笑ましい。これが最後の機会だと思うと、なおさらこの目に納めておきたいという気持ちになったのです。

翌朝の式に備えて、前夜は次男の家に泊まりました。私はめったに息子たちの家には行かないので、かれこれ二年ぶりでしたが、たまの機会だからとおこづかいをあげると、孫たちはうれしそうに、「おかあちゃん銀行に入金する」と言う。なんでも、お母さんが銀行の通帳とそっくりのものをつくっていておこづかいを記録し、マンガやお菓子などを買いたいときに、そこから引き出しているのだそう。

通帳を見せてもらうと、兄の基《はじめ》はブルー、妹の尚子《なおこ》はピンク。表紙にはちゃんと「おかあちゃん銀行」と書いてあり、ブルーの通帳には百円という数字が並んでいました。なんでも、肩たたきを一〇分すると、アルバイト代として百円もらえるんだとか。一方、ピンクの通帳は二十円、二十円、二十円……。「尚子ちゃんは、なんで二十円なの？」と訊くと、「尚子は力がないから」と言います。働きに応じて金額を決めているというのがおかしかったけれど、子どもたちにお金の価値や使い方を教える意味でも、なかなかいい教育だと感心しました。

それからもうひとつ見せてもらったのは、尚子がお母さんにプレゼントしたという、手づくり絵本。彼女が自分でお話をつくって、絵を描き、息子が装丁して仕立てた本は、本物の絵本さながらのできばえです。それもお母さんを驚かせようと、二人で内緒でつくったというのですから、息子も忙しいのに、よくここまでやったものだと、またまた感心してしまいました。

素晴らしかった入学式

そして翌朝は、「ばあばのためにサービスする」と、小学五年生になったお兄ちゃんが朝食の目玉焼きをつくってくれました。家族四人と私の分とで、合計五つの目玉焼き。初めての挑戦だったので、一つはギザギザの失敗作でしたが、「それは僕がもらいます」と自分で食べました。その殊勝な言葉にみんなで大笑いして、それから息子夫婦と尚子との四人で、入学式へと向かいました。

孫が入学するのは一二〇年以上の歴史を誇る伝統校。新一年生は一クラス約三〇名で、四クラス。受付をすませてクラス割りを確認すると、迎えに来た六年生に手を引かれ、尚子は会場の体育館へ。不安そうに何度も母親のほうを振り返っていましたが、やはり子どもにとってははじめて学校に行くというのは、すごく緊張することなのでしょう。

保護者席は会場の後ろに設けられ、約一時間のセレモニーが行なわれました。校長先生も来賓の方々も、保護者ではなくちゃんと新一年生に向けて御挨拶をされた

次男と一緒に孫の入学式へ。孫にはよく洋服をプレゼントしている。
洋服のサイズや好み、好きな色を聞いておけば、
合わなかったという失敗もないし、喜んでもらえる

のが、とても印象的でした。続いては、二年生による歓迎の催しがありました。「二年生の皆さん！」から始まり、壇上に立って一人一人が大きな声で、「給食はおいしいよ」「勉強もおもしろいよ」「先生はやさしいよ」と呼びかけ、一年生たちの緊張もほぐれていくよう。そして、クライマックスは合奏。曲はなんとベートーベンの第九の「よろこびの歌」。鍵盤ハーモニカを中心に、大太鼓、小太鼓、シンバル、鈴、木琴などさまざまな楽器を使った演奏は本当に素晴らしく、小学校に入って一年たつとこんなにしっかりするのかと、大感激しました。

思い出づくりを大切に

こうして私の一泊二日の入学式イベントは終わりましたが、息子の家に泊まったことで日頃なかなか見られない孫たちの普段の生活が垣間見られたのは、とても大きな収穫でした。まだまだ幼いと思っていたのが、こんなに成長していたのかと驚かされもしましたし、息子夫婦が今の時世に流されず、テレビを見せない、ゲームも与えないなど、明確な教育方針をもって子育てをしているのにも感心しました。

私も含めて、最近は子世帯と同居していない人が増えていますが、だからこそ、

2006年、主人の誕生祝いに、孫からもらったバースデーカード

ときどきはこうして行き来をして、孫たちと触れ合う時間を大切にしたいと思っています。それは、いずれ別れが来るからです。

息子たちはおばあちゃんと暮らしていたので、亡くなった今でも折りに触れて「おばあちゃんはこうだったね」といった話をしますが、離れて暮らしているとそうはいきません。だから、どこかで思い出づくりをしておかないとと思うのです。そうすれば、「ばあばは、小学校の入学式に来てくれたよね」などと、記憶が残りますから。

さて、その次なる思い出づくりは、夏休みの旅行です。長男のところの巌《いわお》を、大学に入学したら北海道に連れていってあげる約束をしています。さらに私の夢は、四人の孫を引き連れてのハワイ旅行。いつになるかはわからないけれど、まだ体力があるうちに実現できたらいいなと思っています。

嫁・姑の関係

姑との同居生活から学んだこと

わが家は現在、私たち夫婦と住み込みで働いてくれているお手伝いさんの三人暮らし。二人の息子は、それぞれ結婚して家庭をもち、別所帯を構えています。

私自身は長男が生まれてから主人の母と二二年間同居しましたが、息子夫婦にはそれを望みませんでした。

姑はとてもできた人で、仕事で家を空けることの多い私に代わって息子たちを育ててくれたうえ、冠婚葬祭のやり方や女性としての作法や心得など、いろいろ教えてくれました。私は実の母を十歳のときに亡くしているので、そういう点はとてもありがたかったし、感謝もしていますが、ときとして、窮屈に感じることがあったのも事実です。

例えば、私の部屋が散らかっていて、お義母さんが入ってきたら困るな、というときに限って来てしまう。でも、同居だとイヤとは言えませんから、自分のだらしないところも包み隠さず知られてしまう。また明治の女性なので、私が「女優だから仕方がないのよ」と言っても、爪にマニキュアをしたり、派手な服を着ることには抵抗があったようです。しかも姑は早くに夫を亡くして、女手ひとつで主人を育て上げてきたので、自分の息子がいちばん大事。だから、私たち夫婦が仲よくしているのをイヤがったりすることもありました。

今にして思えば、私の心遣いが足りなかった部分もたくさんあるのでしょうが、一緒に暮らしていると、互いのことがわかり過ぎてしまう。だから、どんなにいい姑であっても、それなりにいろいろありました。それでも私はすべて、姑の言うことに従いましたが、これは自分の母がいなかったからできたことです。いれば、どうしても比較してしまいますから、衝突していたかもしれません。そんな同居のよさも悪さも知り尽くしているからこそ、息子夫婦とは、適度な距離を置いて暮らしたほうがいいと考えているのです。

節度と一線を意識したお付き合いを

では、私が今、息子の嫁たちにどう接しているかというと、私はいっさい何も言わない姑です。彼らが旅行に行こうと「あら、そう」で終わりです。何をしようと彼らの生活には干渉しません。息子は「ちっとも僕のことを気にかけてくれない」などと言いますが、それがうまくいく秘訣だと思っています。

また、「親しき仲にも礼儀あり」ではありませんが、息子の家を訪れるときも、必ず、何時に、こういう用があるから、と伝えてから行くことにしています。姑とはいえ、突然家に来られては迷惑だろうし、もしもそのときに部屋が散らかっていたりしたら、気まずいでしょう？　自分もそうだったからよくわかるんですが、イヤだったことは若い人たちにはやらない。その点は徹底しています。

そんな私でも、お嫁さんが来た当初は、娘ができたと思って喜びいさんで、着るものなどをせっせと買ってはプレゼントした時期もありました。でも、これも大きな間違いでした。「お義母さん、ありがとう」と、口では言ってくれるけれど、着ているのを見たことがありません。よくよく考えれば趣味が違うのだから当然なのですが、次男なんて「今頃気がついたの?」と呆れ顔。そんなわけで、近年はお誕生日に現金を包んで、「これで好きなものを買って」としていますが、嫁はあくまでも息子のパートナーであって、自分の娘ではないのです。そこを勘違いしてはいけないと肝に銘じています。

家族の基本単位を「夫婦」に据えて

こんなふうに、嫁の立場も姑の立場も両方経験した私からすると、いわゆる嫁姑問題は結局、母親が子離れできていないことに原因がある、というのが率直な感想です。夫よりも子どもが大事で、いつまでたっても「私のかわいい息子」とやるから、嫁との関係がおかしくなってしまう。その点うちの場合は、「かわいい夫」でやっているからうまくいっているのかなと思います。

私は家族の基本単位は夫婦だと思っているので、それこそ子どもたちが小さい頃から、「ママにとっていちばん大事で、愛している人はパパ。あなたたちはあなたたちで、素敵なお嫁さんを見つけて、いい家庭を築きなさい」と、繰り返し言ってきました。それがわが家の教育方針なのです。もちろん、二人の息子はかわいいし、自慢もしたい存在です。けれども、もう結婚して新たな家庭をつくったのだから、私のものではありません。だから、主人の介護にしても私の範囲でできることには子どもたちを巻き込まないことにしています。彼らには彼らの生活がありますし、お嫁さんにも負担はかけたくありませんからね。

その代わりというわけではありませんが、楽しいことはみんなでやるのがわが家のルール。誕生日やお盆やクリスマス、お正月などのイベントには、家族全員が集まってにぎやかに過ごします。そうやっていい時間を共有して家族の絆を深め、いざというときに助け合える関係が私の理想です。私はよく言うんです。最後の最後、本当に困ったときにはあなたたちの世話になるからお願いねと。子どもたちは「なるべくそうならないで」と口では言いますが、ちゃんとわかってくれているようです。家族は根っこの部分でつながっていればいい。私はそんなふうに思っています。

みんなでお正月を迎えるしあわせ

わが家の自慢の一品

師走《しわす》の声を聞くと、今年もそろそろお正月の準備をしなければ、という気持ちになってきます。

わが家では、元旦は家族全員が集まり、二日は新年の挨拶にお客様がお見えになるのが習わしです。かつて舞台をやっていた頃は、正月公演が二日からあったので、家のことは何もできなくて義母にまかせきりでした。私は元旦に「おめでとう」の挨拶だけすませたら、地方に向かうような生活でした。でも今は、主人のためにみなさんを家に迎えて心づくしのおもてなしをしたいと、そのための用意に励んでいます。

まず取りかかるのは、趣味の一筆画を生かしてのランチョンマットと箸袋づくり。和紙にその年の干支やお多福などを描いたものを、お客様の人数分だけ用意します。おせちづくりは十二月三十日から。義母が元気な頃は、黒豆もきんとんも全部つくっていましたが、今はとてもそこまではやりきれません。でも昆布巻きだけは、懐石料理を教えている友人からつくり方を伝授してもらい、大鍋二個を使い、毎年六〇本ほどつくっています。

昆布は昆布屋さんから、かんぴょうと一緒に、こだわりのものをお取り寄せ。戻した昆布にブリの切り身を並べ、それを芯にして二回巻いてかんぴょうで止めたら、まず水から下ゆでします。するとアクが出てくるので、いったんゆでこぼして水洗い。再び水から一時間ほど煮て、砂糖を入れて一時間、しょうゆを加えてさらに一時間煮ます。もちろん弱火で。これで、箸で切れるほどのやわらかい昆布巻きが完成します。

これは私の自慢の一品で、「大島家の昆布巻きを食べないと、正月がきた気がしない」と皆さん言ってくださるほどです。お隣りの藤井さんにもおすそわけして、代わりに彼女のお手製のきんとんをいただいていますが、互いに自分の得意なものをつくって、交換するというのも楽しみの一つです。

あとはお煮しめやなます、たこの酢の物、数の子などの定番のほか、ローストビーフやアボカドのサラダなど、洋風メニューも用意します。伝統的なおせちとはちょっと違って、お重にも詰めず、大皿盛りにして各人で取り分けてもらうスタイルですが、今の時代に合ったお正月のおもてなしのほうが、若い人たちには喜んでもらえているようです。

去年と同じお正月を、今年も迎えられるしあわせ

そして迎えるお正月。元旦は近くに住む長男一家はもちろん、東京から来る次男一家も九時には集まり、家族みんなで「明けましておめでとうございます」の挨拶をして仏壇に手を合わせて拝み、お正月の行事が始まります。

祝い箸は家族それぞれの干支が入ったものを用意し、小さい子がそれにみんなの名前を書くのが決まりです。今は長男のところの聡子《さとこ》が、「渚」「明子」などと書いてくれています。また、お屠蘇《とそ》も小さい者から順番に杯で飲むのも決まり。それからお雑煮と祝鯛をいただきます。昔は「一匹づけ」といって、一人一匹ずつの焼鯛

を三が日かけて食べていましたが、今は大きな鯛をお店で一匹焼いてもらって、それをみんなでつつくという形にしています。そして最後はそのアラを集めて鍋にするというのが、うちの伝統。これがまた、おいしいんです。

続く二日はお客様の日。朝十一時ぐらいからバラバラとやってきて、夜の七時、八時までずっと酒盛りが続きます。

その間、用意したおせちやごちそうでもてなしながら、私はホスト役に徹します。もちろん息子や嫁たちも手伝ってくれますが、何十人ものお客様を迎えるのは、けっこう骨の折れること。でも、主人はとても楽しみにしているし、昔なじみの友人たちと会って上機嫌な主人の姿を見ると私もうれしくなります。

最近は体調がすぐれず、ベッドと行ったり来たりになりがちですが、それでも本人は、みなさんが来てくださるだけでとても満足しているようです。

わが家ではこんなふうにして、毎年のお正月を過ごしていますが、一度だけ例外があります。それは、十二指腸潰瘍穿孔で主人が生死の境をさまよった二〇〇一年。大晦日にも嘔吐を繰り返し、新しい年を迎えられないのではないかと心配したこの年だけはお正月をせず、病室で新年を迎えました。

そのことを考えると、こうしてお正月のおもてなしができるというのは、家族みんなが元気だからです。去年と同じお正月を今年も迎えられるのは、本当にしあわせなことなのです。とくにここ数年は、来年はどうなることか、家族そろってのお正月はこれで最後になるかもしれないとの思いを抱えながら暮らしているだけに、特別な思い入れがあります。

お正月をはじめとする年中行事は、毎年同じことを繰り返すことに意味がある、と私は思っています。そこには一つの節目があり、そして家族の絆を強めてくれる力があります。今年も楽しいお正月が迎えられることに感謝しています。

お正月には、
私の一筆画をそえたランチョンマットとお箸でおもてなし

◉対談

生きることは、愛すること

瀬戸内寂聴さんと語る

せとうち・じゃくちょう●一九二二年、徳島市生まれ。東京女子大学卒業。一九六一年、「田村俊子」で第一回田村俊子賞、一九六三年「夏の終り」で第二回女流文学賞。一九七三年、中尊寺で得度受戒。一九八七年岩手県浄法寺町天台寺住職に就任（現名誉住職）、その後活発に創作を続け、谷崎潤一郎賞、芸術選奨文部大臣賞、野間文芸賞などを受賞。二〇〇六年文化勲章受章。

つらいこともあったけど、生きていてよかった

寂聴　今日は、遠いところをよくお越しくださいました。小山さんとこうしてゆっくりお目にかかるのは、二〇〇八年秋の「源氏物語一千年記祭」の特別公演のとき以来ね。

小山　念願叶って、寂庵《じゃくあん》に来ることができました。

寂聴　それにしても、あの舞台はとてもよかったですよ。見ている人もみんな、感激して。小山さんが美しくて、ため息が出ましたもの。

小山　寂聴さんのおかげです。私にとっては一〇年ぶりに女優として舞台に立ったのが、二〇〇五年の寂聴さんの『源氏物語』の朗読だったんです。主人が倒れて、自分もうつになってしまったから、ずっと人前に出ていなくて。だからお声をかけていただいたものの自信がなくて、「どうしましょう？」と言ったら、寂聴さんが「あなたなら絶対できるわよ」と励ましてくださって。私が社会復帰をするきっかけになりました。

寂聴　小山さんは本当に真面目なのよね。そういう人がうつになるの。ちゃらんぽら

んなところがまったくなくて、一〇〇パーセント頑張ろうとするから。

小山　ずっと女優で仕事ばかりしてきましたから、家のことが何もできないというあせりがあって。それがプレッシャーになってしまったんだと思います。

寂聴　いいのよ、女優は家のこと何もしなくたって（笑）。それにしても女の事業として、結婚生活をまっとうするのは大変なことだと思います。「病めるときも健やかなるときも」と言うけれど、いいことばかりじゃないですよ、人生は。その悪いときにいかに我慢して支え合うかです。小山さんはそれを実践しているんだから、本当に健気です。私だったら、とっくに逃げ出してるわ。

小山　でももう、主人が倒れてから一五年になりますから。

寂聴　長いわねえ。でもご自分がうつになられて、よく治られたわね。大変な努力だったでしょうに。

小山　そうですね。完治するまでに結局、四年かかりました。自殺願望が強くて精神科に強制入院させられ、その後も入退院の繰り返し。あの頃は、自分がどうしようもなくダメな人間に思えて、生きていても仕方ないという思いにとらわれていました。

寂聴　その頃死んでいたら、ラクだったとは思いませんか？

小山　そうかもしれませんが、やっぱり生きていてよかったと思います。あのとき死ななかったから、今いろんなことができている。やっぱり人間は死んだらおしまいだなと思います。

愛することを忘れないで

小山　私はそういうどん底を経験しましたでしょう。でもそんなとき、人間って落ちるところまで落ちると、その力で弾んで上がるものなんだと、寂聴さんが講演でおっしゃっているのを聞いて、励まされました。

寂聴　どん底までいったら、あとはもう上がるしかありませんからね。同じことは長く続かないというのが仏教の教えで、この真理を「無常」というんです。無常というのは常ならずということ。しあわせだってそうそう長く続くわけはないから、そういうときは気を引き締めなければいけないし、どん底もまたしかり。雨が降り続くことはないのと同じで、世の中はそうなっているんです。だからどんなにつらくても絶対に自分で死んではいけない。死ぬなと誰にも言いたいですね。そもそも人間には「定《じょう》

瀬戸内寂聴さんの言葉は、いつも私の心の支えになっている

命《みょう》」というものがあって、定命が尽きないうちは死ねないんです。

小山　主人も何度も死にかけましたけど、命を保っているということは、定まった命があるんだとつくづく感じます。

寂聴　そうです、そうです。

小山　それから、長く暗いトンネルであがいたことで、気づかされたことも多いんですよ。人のやさしさ、思いやり、感謝の心、生きていることのありがたさと素晴らしさ……。今まで見えなかったものが見えてくると同時に、いちばん大切なものは目には見えないから、心で見なければいけないと思うようにもなりました。

寂聴　どん底の不幸を味わった人は、みんなとてもやさしいのね。こちらのつらい気持ちをわかってくれますから。

小山　確かにやさしい気持ちにはなりますね。自分が苦しい思いをしたから、少しでも助けてあげたいと。だから今、病気とかで苦しんでいるお友だちがいたら、その人のためにとことん力になりたいと思いますもの。

寂聴　私はいつも「生きることは愛すること」だと言うんですが、相手が今、何を求めているか、何に苦しんでいるかを想像することが思いやり。その思いやりが愛なんです。つまり、想像力イコール愛ということです。

小山　私は主人の介護をイヤだとか、つらいとか思ったことはないんです。それは、相手の気持ちがわかるから。この人は病気で倒れてさぞかし悔しいだろう、無念だろうと思うから。それに私が支えているようだけれども、じつは逆で、彼が生きていてくれるから私も元気でいられるというところもあるんですよ。だから決して、献身的とか犠牲というのではなくて、お互いさまなんですよね、やっていることは。

寂聴　小山さんは、本当にやさしいのよね。とにかく、よくやっていますよ。稀有な結婚生活です。しあわせも多かったでしょうけど、苦労も多かったはず。でも、それだけ普通の人には味わえない深い人生を生きてこられたんですから、見事だと思いますよ。誰かに愛された記憶のある人、愛した思い出のある人は、人間として心が豊かでしあわせです。

無償の愛ほど尊いものはない

小山　そんな私の今の目標は、寂聴さんのようにいつまでも元気でイキイキとした人

京都の寂庵の庭で

生を送ることなんです。

寂聴　八十八歳まで生きればもう十分。生き飽きました（笑）。でもこの頃は、そういうことを言うとバチが当たると思って、まだ何か人のためになるとか、できることがあるから、生かされているんだと考えるようにしています。

小山　寂聴さんの場合はとくにそうですよね。説法などを通じていろんなお話をうかがえば、道が開けたり、心が救われたりしますもの。

寂聴　私が出家をしたのは、もっといい小説を書くために自分の思想をきたえたかったからで、出家者は奉仕が義務だなんて知らなかったの。もしも知っていたら、出家しなかったですよ（笑）。でも、これも仏縁なんでしょうね。岩手県の天台寺での青空説法はもう二〇年続けていますが、一銭ももらったことはないんです。そういうことを観音様はちゃんとわかってくれていて、おかげで『源氏物語』現代語訳も仕上がったのかなと。病気もしないで元気でいられるのも、守られているからだと思います。

小山　以前、仏教の「喜捨《きしゃ》」という言葉を知りました。人に分け与えることを喜んで行なうことだという、その言葉がすごく心に響いて、ああ、介護もそうなんだ、イヤイヤながらするのではなく、大好きなパパのために喜んでやらせてもらっているという気持ちでいれば、それは自分に返ってくるんだと思えるようになりました。

寂聴　いい言葉ですよね、喜捨って。でもこんなに美しい人がそれをするからすごい。もうあなたは観音様ですよ。だって、何かしてあげても向こうは当たり前だと思っているでしょうし、見返りがあるわけでもない。無償の愛ほど尊いものはないですよ。

小山　何かいい言葉に出合うと、私は必ずノートに書き留めることにしているんです。それがどこかで生きて、心が少しずつ強くなったのかなと思っています。

しあわせは自分の心のなかにある

寂聴　そういうところが小山さんの素直ないいところね。結局心が満たされないのは、お返しを期待するからなんですよ。私はこれだけ愛しているのに、相手はちっとも返してくれない。十愛して十返してもらってまだ足りなくて、二十も三十も愛を求めるのね、みんなは。それは夫にだけでなく、子どもに対してもそうです。銀行の利子もつかないときに、そんなことはあり得ない。そこのところを覚悟して、心を一回捨ててみればいいんです。そうすれば、随分気はラクになると思いますよ。

小山　無私無欲ということですね。

寂聴　そう。心があるから煩悩がある。それであれが欲しい、これが欲しい、あの人が羨ましい、あの人が憎いとなるんです。心を無くすということは、こだわらないということです。それから人と比べないことね。比べるから腹も立つんです。私はこんなに体が弱いのにどうしてあの人は丈夫なんだとか、うちは貧乏なのにあの家はお金持ちだとか。

小山　現実に起こったことは、受け入れないとしょうがないんですよね。過去にしがみついていても仕方がない。わが家の場合でいえば、主人はどうやったってもう元気だった頃には戻らないし、二人で旅行もできない。だったら、そのなかでどうやって楽しく生きるかということを、私はいつも念頭に置いて暮らすようにしています。

寂聴　それから笑うことも大切ね。どんなつらいときでも笑うことができれば、抜け道ができます。あと、自分を愛さないと人は愛せません。誰もほめてはくれなくても、自分のいいところを見つけて、自分でほめてあげないと。ダメだダメだと思ったら、どうしようもなく苦しくなりますから。人はみな、自分以外の誰かをしあわせにするために生かされているのですから、たった一人でもいいし、犬でも猫でもいい。この犬や猫は私がいなければ生きていけない。そうして自分がいることで何かの役に立っていると思えば、粗末な命なんて一つもないんです。

小山　結局のところ、自分が変わらないと生き方は変わらないんですよね。私は今こんな状況ですが、決して自分が不幸だとは思っていないんです。何もできなくなった主人ですが、それでもなんて素晴らしい男だと思っていますから、存在してくれているだけでありがたいし、しあわせなんです。

寂聴　幸不幸は環境が決めることではなくて、受け止める側の心の問題。心が豊かということがいちばんなんですよ。

小山　本当にそうですね。私も心豊かに生きたいと思います。今日はたくさんいいお話が聞けて、よかったです。ありがとうございました。

寂聴　こちらこそ。またお目にかかりましょうね。

（京都・寂庵にて　二〇一〇年六月）

◉親子鼎談

大島家のこれまで、これから
小山明子・大島武・大島新

おおしま・たけし●一九六三年、神奈川県生まれ。東京工芸大学芸術学部准教授。一橋大学社会学部卒業。ロンドン大学インペリアル校経営大学院修了（ＭＢＡ）。専門はビジネス実務論、パフォーマンス研究。二〇〇三年、ベスト・エデュケーター・オブ・ザ・イヤー最優秀賞を受賞。著書に『プレゼンテーション・マインド「相手の聞きたいこと」を話せ！』など。

おおしま・あらた●一九六九年、神奈川県生まれ。テレビディレクター。早稲田大学卒業後、フジテレビ入社。ディレクターとして、ドキュメンタリー番組の演出を手掛ける。二〇〇〇年、フジテレビを退社、フリーに。毎日放送「情熱大陸」などを演出。二〇〇七年、映画「シアトリカル　唐十郎と劇団唐組の記録」を監督。

小山　母の日には、いつもお花を贈ってくれてありがとう。とてもうれしく思っているわ。でも、あなたたちが子どもの頃は、私はパパの独立プロを支えるために女優業が忙しくて、うちでは母親の存在といえば、おばあちゃんだったわね。

武　まあ、そうですね。家にはいつもおばあちゃん、新と、あとお手伝いさんの四人がいたから、お母さんが家にいなくてもとくに寂しいとも思わなかったし。

新　でも、いつの頃からか思っていたのは、自分のお母さんは「性格がいい」ということ。お父さんは無愛想で近寄りがたい存在だったし、おばあちゃんも京都の人だから建前と本音が違ったりと、わりとややこしいところがあったじゃない。でも、お母さんは裏表のない人だとは子どもながらに思っていた。

武　それはそのとおり。僕も小さい頃はおばあちゃん一筋だったけど、高校生くらいになってくると、お母さんの性格が好ましく見えてきた。それで何かのときに一度、お母さんの味方をしたら、おばあちゃんがすごく怒って……。ああ、これはやってはいけないことだと気がついた。

新　おばあちゃんの味方をしているほうが、わが家は平和なんだってことに？

小山　私自身、一つの家に二人の母親がいてはいけないと思っていたから、家のことはおばあちゃんにすべてまかせると決めていたの。銀行の通帳を渡して家計も預けていたし、学校の先生が家庭訪問に来るときも、普段家にいないくせにそういうときだけ母親づらはしないと、わざわざでも仕事を入れて。それを徹底したから、うちはうまくいったんだと思うし、あなたたちもグレずに育ってくれたのかなと。

武　今になって思うと、お母さんがうまくバランスをとってくれていたんだろうね。いつも一緒にいたわけではないけれど、誰かの誕生日には必ず家族で外にご飯を食べに行っていたし、体育祭にも来てくれた。ただ親と一緒に行動すると、子ども心にも周りの空気が違うのがわかって、それが誇らしい反面、イヤでもあって、微妙な気持ちでもあったな。

小山　また、パパが派手なのよね。せっかく私が地味な格好をしているのに、ピンクの服とか着て。だから余計に目立っちゃう（笑）。

新　著名人の息子という境遇は僕も複雑だったけど、幸いにも、親が嫌いとかイヤだと思うことは一度もなかった。

小山　パパも私もこういう世界にいながら、スキャンダル的なことを一度も書かれていないじゃない？　また、そういうこともしてこなかったし。それだけは親として、あなたたちに自慢できるわ。

倒れた父、壊れていく母。深まった家族の絆

小山　ところで今、わが家はそれぞれの生活を大切にしながらも、大事なところではちゃんと結束している。とてもいい関係だと思うけど、こんなふうに家族の絆が強まったのは、パパが倒れて、私がうつになってからよね。あの頃はどん底だったけど、本当にあなたたちはよく助けてくれた。武はパパのためにいろいろ動いてくれたし、新なんて新婚だったのに、毎日のように私の入院先にお見舞いに来てくれて。しかも新は、当時あまり知られていなかったうつに対する理解もあったからありがたかったわ。

新　たまたま自宅と病院が近かったし、同じ病気の友人もいたから、多少状況が理解できただけ。支えたとは言ってはくれるけど、一緒に住んでいないから、何もかもやれるわけではない。完治するまでに結局、四年もかかったでしょ。もし今の僕くらい病気に対する知識があって、もっと本気で取り組んでいれば、その期間を縮められた

左から次男の新、長男の武

んじゃないかと思うよ。

小山　でも武なんて、「ママは怠けてると思ってた」と言ってたわよね。

武　だって、病に倒れた当の本人は、愚痴も言わずリハビリに励んで、健気なくらい頑張っているのに、お母さんは体は元気なくせになんにも役には立たないし、わけのわからないことばかり言うから。

新　あの頃は普通じゃなかったからね。

小山　そうね。あなたたちが「今まで仕事を頑張ってきたんだから、長い休暇だと思えばいい。また復帰できるよ」と励ましてくれても、「二度と女優なんてできないわよ！」とよく怒ったものね。

武　僕が何か言うと、「あなたはこの世界の厳しさを知らない」って。確かに知らないけど、「パパがものすごい借金を背負って、わが家は破たんする」というストーリーはどう考えてもおかしい（笑）。挙句の果てには「借金取りが押し寄せてきて、あなたたちもまともな仕事なんてできなくなる。せっかくいいお嫁さんをもらったのにごめんね」だもの。

新　支離滅裂な手紙も何通もらったことか。で、最後には必ず、「わが家はもうおしまいです。バカママより」と書いてある。でもある時期からは、これはもう病気なんだから仕方がない、ちゃんとした治療を受ければ治る可能性はあるんだから、なんとか治って欲しいと思って、見守ってた。

武　僕はそうした「心の病」にまったく無理解なタイプだったから、そんなの気のもちようだと思ってた。だから、新に理解があったというのは、今から考えるとすごくありがたかったなと思う。

小山　あなたたちには、一生分の借りができちゃったわね。でも、今は目覚ましく回復して、見違えるようでしょ（笑）？

新　自殺騒ぎを起こしたくらい、一時は悪かったからね。本当に、よくぞあの状況から立ち直ってくれました。

武　元気すぎるほど元気で、中くらいにできないの、と思うときもある（笑）。

新　うちの子どもたちは、「藤沢のばあばは〝おしゃべりマシーン〟だ」って言ってるし（笑）。

武　でも、お父さんが倒れてから一五年だけど、よく頑張っているよね。しかも、これ以上ないほど楽しそうに日々を過ごしているのだから、頭が下がります。

夫婦のあり方はお手本

武　それにしても、今、お父さんはお母さんに一〇〇パーセント甘えているようなところがあるよね。子どもの目から見ても、すごく仲がいいし。

新　お互いにいいパートナーを得たということなんだろうね。だから、こういう老後が過ごせている。もちろんお父さんにとってはずっとつらい状態が続いているわけだし、お母さんにとってもベストな状態ではないんだろうけど、それでも今ある状況を受け入れて、そのなかでいちばんいいかたちにしているのは、なかなかできないことだと思う。

武　本当にお母さんは今でも、お父さんのことしか考えていない、というところがある。この間も僕が珍しく実家でお昼ご飯を食べるからごちそうしてと言ったら、パパのお風呂があるからと、できあいのものをレンジであたためて、「これを食べなさい」でしょ。普通はあり得ないよ。

小山　だって忙しくて、とても手料理でもてなしてあげるどころじゃなかったのよ。

武が１歳のときの誕生日のお祝い

武　そのことを僕があとでぼやいたら、「一個しか出してあげなかったから、二個にすればよかったわね」だもの。
新　そういう人です、うちの母親は（笑）。
小山　あら、でも私が息子がかわいくてかわいくてという人だったら、お嫁さんはたまったものじゃないわよ。そういうふうにやらないから、あなたたちのお嫁さんはしあわせなのよ。
武　それはうちの奥さんもよく言う。
小山　そうでしょう？　そりゃあ、わが子だからかわいくないなんてことはあり得ないわよ。子どもは宝物だけど、私がいちばん愛しているのはパパだから。あなたたちは自分で家庭をつくっていきなさいとずっと言い続けてきたし、実際、それぞれにいいパートナーがいるんだから、私が一生懸命やることなんてないのよ。
武　僕が不幸なのは、お母さんからはそういう扱いを受けてきて、奥さんは子どもが大事だと言う（笑）。
新　うちはお母さんほどじゃないけど、多少は言ってくれる。でも多分、子どもが大事なんだと思うけど。

新とプールに遊びにいったときの１枚

武　ただ二人の姿を見ていると、夫婦というもののあり方を考えさせられることは大いにあるよね。互いに元気でいられる時間はそんなに長くはないのかもしれないと思うし、自分が介護される身になったときに、ここまで献身的に面倒をみてもらえるのかなとか。奥さんに訊いたら、「それはこれからのあなたの態度次第ね」と言われちゃったけど。

小山　そうよ。あなたたちもパパみたいに、奥さんの愛と信頼を得られるように、せいぜい頑張りなさい。

新　まあ、ここに至るまではいろいろあったけど、お母さんはずっと二人で金婚式を迎えたいと言って頑張ってきて、いよいよ今年はそのときを迎えるんだから、本当にすごいと思うよ。

武　結婚四〇周年のときもパーティを開いたけど、今回も僕らで何かお祝いを考えさせてもらうから、楽しみにしててください。

小山　ありがとう。期待しているわ。

（神奈川県「海の見える和食ダイニング　海菜寺」にて　二〇一〇年二月）

あとがきにかえて──二人の金婚式

今年の十月三十日、私たち夫婦は金婚式を迎えます。

残念ながら夫婦そろって元気で、とはいかなかったけれど、主人が病に倒れて以来、この日を迎えることをずっと目標にしてやってきて、その節目のときがもう目の前までできているのですから、本当に感無量。主人は、何度も何度も危ないときがあったのに、よくぞ乗り越えてここまで来てくれたと思います。

そんな私たち夫婦のために、息子たちが祝宴を計画してくれていますが、主人の体調次第では、外でパーティを開けるかどうかはわかりません。そのときは家族、親戚だけで、家でささやかに祝えばいいと考えているので、私は私で、そのための準備も並行して進めているところです。障子を張り替えて、畳も新しくして家のなかをきれいにし、記念の着物もすでに注文済みです。どんなかたちのお祝いになるにせよ、夫婦そろって祝いの席に着く。そのことが私にとってはいちばん大事なことなのです。

振り返ってみると、五〇年という歳月は長くもあり、またあっという間でもありました。

互いに仕事をもった夫婦でしたから、一緒に過ごした時間はそんなに長くはありません。むしろすれ違いのなかで、どう折り合いをつけて家庭を営んでいくかが思案のしどころでした。だから朝ご飯は必ず家族そろって食べるなどのルールをつくりましたが、結果として一度も波風が立つことなく、仲よくやってこられたのはしあわせなことです。

基本的には相性がよかったのでしょうが、お互いに相手を思いやる気持ちを忘れずに暮らしてきたことが、大きかったと思います。

何しろ、元気な頃の主人は「バカヤローの大島」という、あまりありがたくないニックネームを頂戴していたくらいで、世間では「頑固、厳格」といったイメージをもたれていましたが、家のなかではまったく別人。怒鳴るどころか声を荒らげたこともなく、むしろ、何かにつけては「ありがとう」という言葉を口にしてくれる人でした。喧嘩らしい喧嘩も一度もなし。もっとも彼に言わせると、「喧嘩は対等な人間がするもの」だそうで、向こうは自分のほうが優位だと思っていたのかもしれませんが。

また、主人が素晴らしかったのは、家のことについては「君がやりたいようにやってくれていい」と、私に一切を預けてくれたことです。そういうふうに言われれば私も、姑を立てよう、と家庭がうまくいくことを最優先に考えました。だから二十年間の姑との同居生活でも、わが家は嫁姑問題とは無縁でいられたのだと思います。

それから、私の仕事をいちばん理解していてくれていたのも主人でした。私が舞台に出るときは、どんな地方の公演にでも必ず来て、「小山がお世話になります」と挨拶に回ってくれました。「夫婦の義理」と言っていましたが、多分私が気持ちよく仕事ができるようにという、彼の気遣いだったのでしょう。そういうふうにされると、周りの人も「大島さんは小山さんをすごく大事にしているんだな」というのがわかるから、私も仕事がしやすかったし、誘惑もなかった。陰に日向に守られていたと思います。

そんな主人でしたから、私も全幅の信頼と尊敬を寄せていて、「一家の中心はいつもパパ」としてきました。また彼も、長い結婚生活のなかで少しずつ、私のことを認めてくれて信頼もしてくれた。「ああしなさい、こうしなさい」と注文をつけられたこともなく、何でも好きなようにさせてくれました。

そういう夫婦でいられたから、病に倒れて何もできなくなった今でも、「パパが好き、パパが一番」という気持ちがつながっているのでしょう。うつの日々を乗り越えたとき、なんのためらいもなく「これからは、病人であるこの人のために自分は生きよう」という選択ができたのも、そのためです。

今、主人は、私なしでは夜も日も明けないというくらい、私を頼りきっています。先日も、忙しくて、ちょっとの間ベッドに近寄らなかったら、「早く来て」と呼ばれました。何の用かと思ってそばに行くと、「もっと顔を見せろ」と言います。「顔はちゃんと目もついているし、鼻もついてるからいいじゃない」と言うと、「そういうことじゃない」とすねるのです。そんな主人が、私は愛おしくてたまりません。

だから毎晩、「ママのいちばん大切な人はパパよ」と言って、チュッとしてあげます。そうすると安心するみたいです。

もともと他人だった二人が結婚して、五〇年を経て、互いに一番かけがえのない存在になるのですから、夫婦というのは本当に不思議です。そんな私たちの生き方や家族の絆の大切さを、子どもたちにもちゃんと伝えたい。金婚式はそのためのイベントでもあるのです。たくさんの愛と感謝をこめて、その日を迎えたいと思っています。

二〇一〇年九月　小山明子

初出●月刊『清流』二〇〇七年五月号～二〇一〇年十二月号
（対談、鼎談含む）

著者略歴

小山明子（こやま・あきこ）

1935年、千葉県生まれ。女優。55年、「ママ横をむいてて」で女優デビュー。60年、映画監督の大島渚氏と結婚。96年に大島氏が脳出血で倒れ、介護の日々が始まる。現在は、介護に関する講演活動なども行なっている。著書に『いのち、輝く！—もう一度メガホンを—大島渚を支えた介護の日々』『パパはマイナス50点』、野坂暘子さんとの対談集『笑顔の介護力』など。2008年、『パパはマイナス50点』で日本文芸大賞エッセイ賞受賞。

小山明子のしあわせ日和
大島渚と歩んだ五十年

二〇一〇年十一月三日　［初版第一刷発行］

著　者——小山明子

発行者——加登屋陽一

発行所——清流出版株式会社
東京都千代田区神田神保町三-七-一　〒一〇一-〇〇五一
電話　〇三（三二八八）五四〇五
振替　〇〇一三〇-〇-七七〇五〇〇
〈編集担当・秋篠貴子〉

印刷・製本——図書印刷株式会社
乱丁・落丁本はお取り替え致します。
ISBN978-4-86029-336-9

http://www.seiryupub.co.jp/